昭和百年を目前に

——我が人生の記録

丸山一男

鳥影社

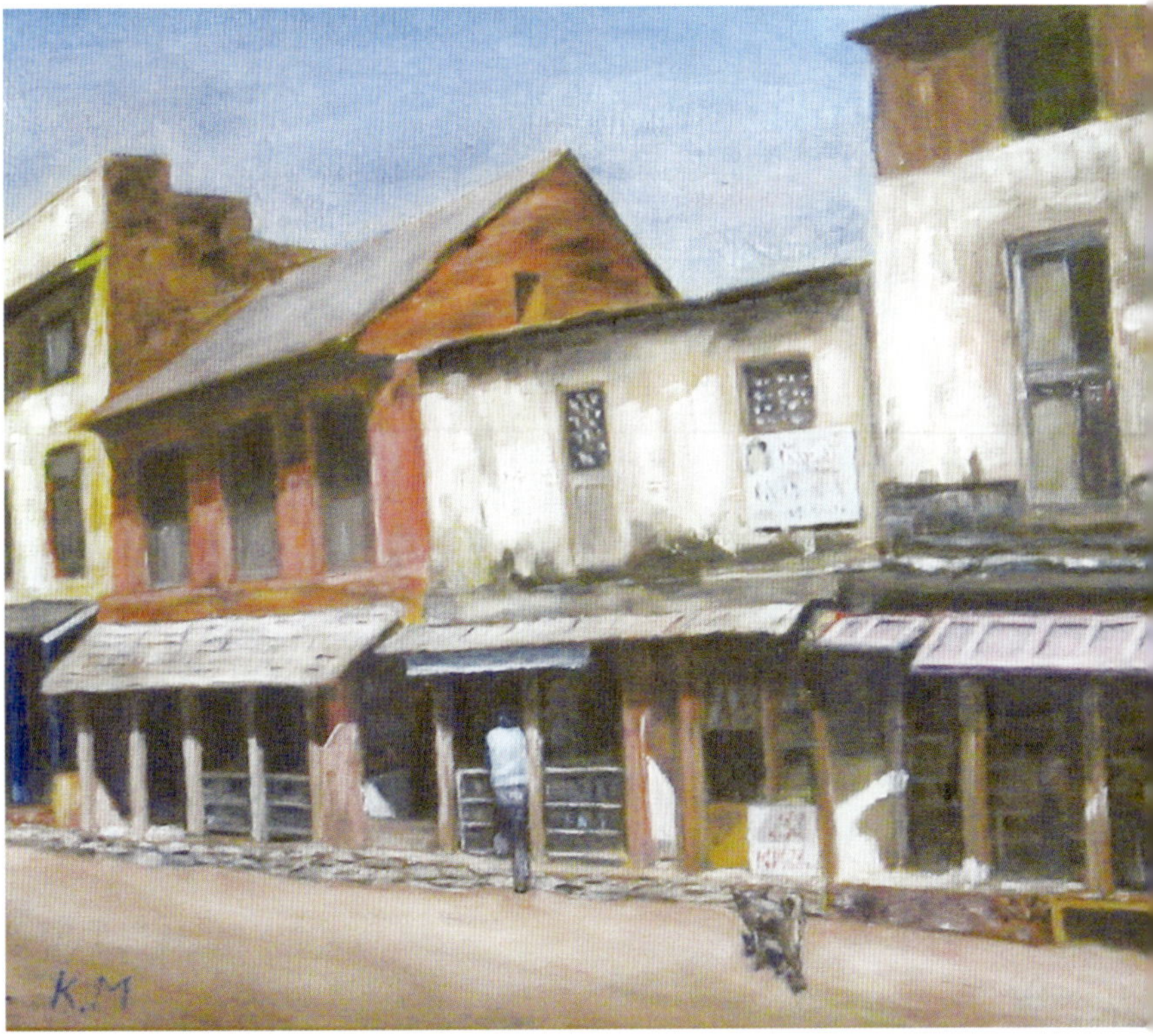

『カトマンドゥ』
（F10 号、2008 年、ヨコハマ日曜画家展・奨励賞）

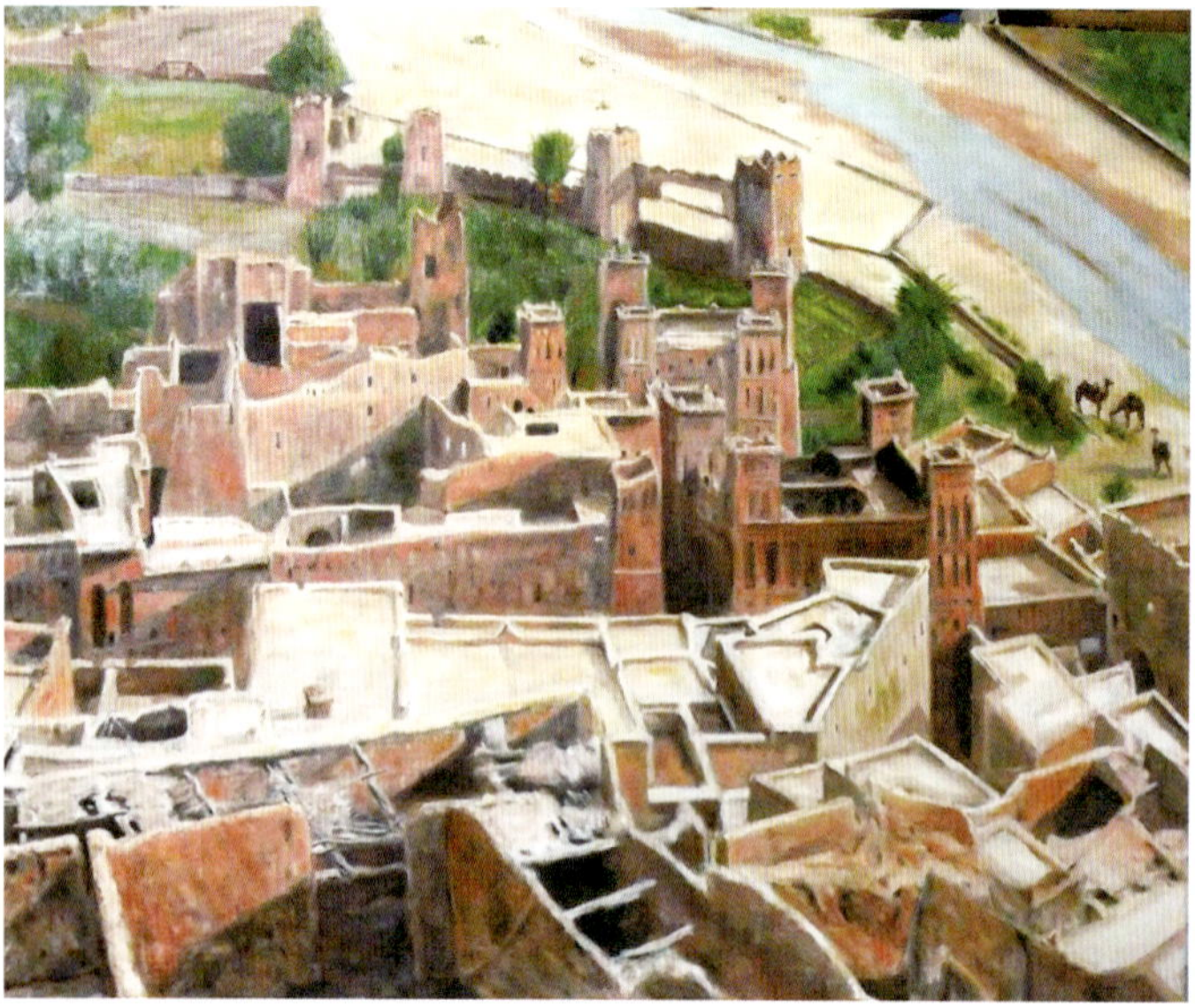

『アイト・ベン・ハドゥ（モロッコ）』
（F30号、2010年、ヨコハマ日曜画家展・日本経済新聞社賞）

『パルミラ遺跡（シリア）』
（F30号、2011年、ヨコハマ日曜画家展・クサカベ賞）

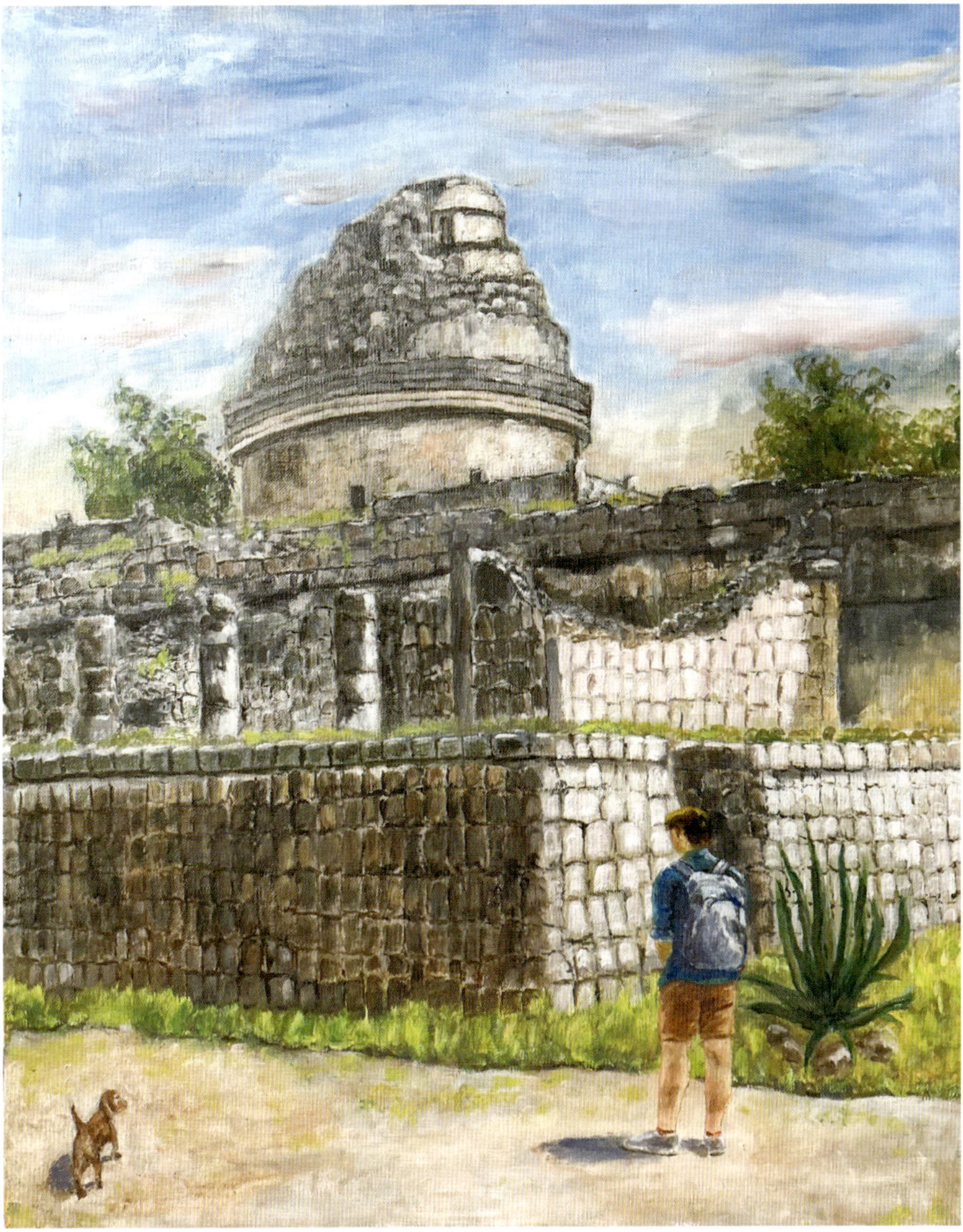

『マヤの天文台（メキシコ）』
（F20 号、2020 年）

2006年4月、朝日カルチャーセンターの仏像教室に入る。
木彫を学びたく師を探したが、見つからないので仏像で立体を学び、彫刻の基礎にしたいと思った。上の写真右のお土産の地蔵を手持ちの彫刻刀で模刻(H7cm　材:屋久杉)。この結果で仏像彫刻を申し込んだ。

薬師三尊（薬師如来を造り三尊とした）（2018年）

月光菩薩（2014 年）

日光菩薩（2014 年）

阿弥陀如来
（H50cm、2018 年）

阿弥陀如来
（H40cm、2019 年）
米国の友人ロバートさんにプレゼント

『ゆき』
（H30cm、2011 年、第 75 回新制作展・初入選）

孫のユキ誕生日前の作品。制作で苦労し試行錯誤していたが、完成した瞬間に思わず満足で頬が緩んだ、初めての傑作作品。小さい作品なので、木彫と一緒に自己紹介のつもりで新制作展に出品したら図らずも入選した。幸運を呼び込んだ作品。

『まい』
（等身大、2012 年、第 76 回新制作展・入選２回目）

孫のまい　３歳夏

『双葉』
（等身大、2013 年、第 77 回新制作展・入選 3 回目）

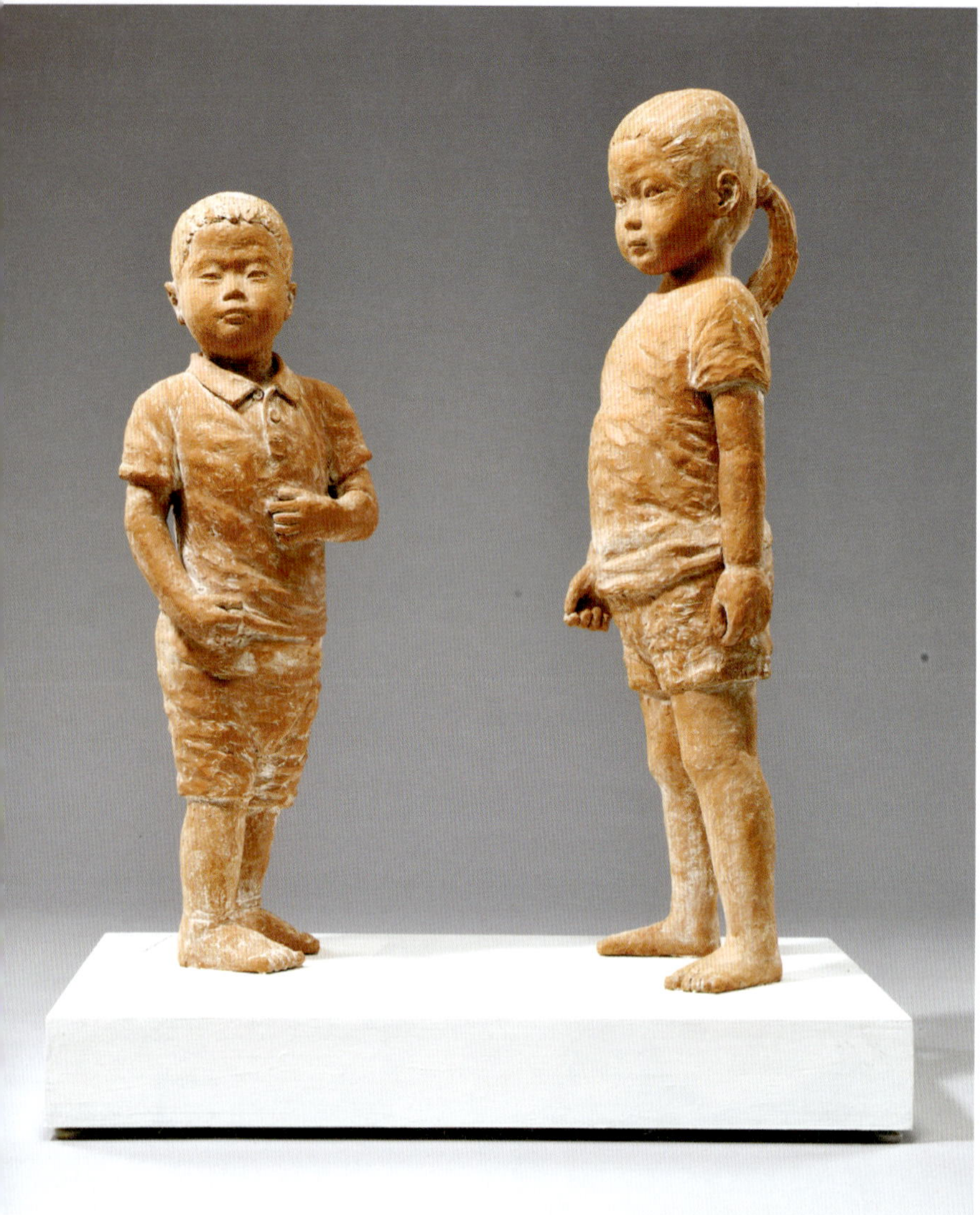

『双葉Ⅱ』
（等身大、2014 年、第 78 回新制作展・入選 4 回目）

『姉弟』
（等身大、2015 年、第 79 回新制作展・
入選 5 回目）

『A boy and Twin cusin』
（等身大、2016 年、第 80 回新制作展・入選 6 回目）

『何時も一緒（双子）』
（等身大、2017 年、第 81 回新制作展・
入選 7 回目）

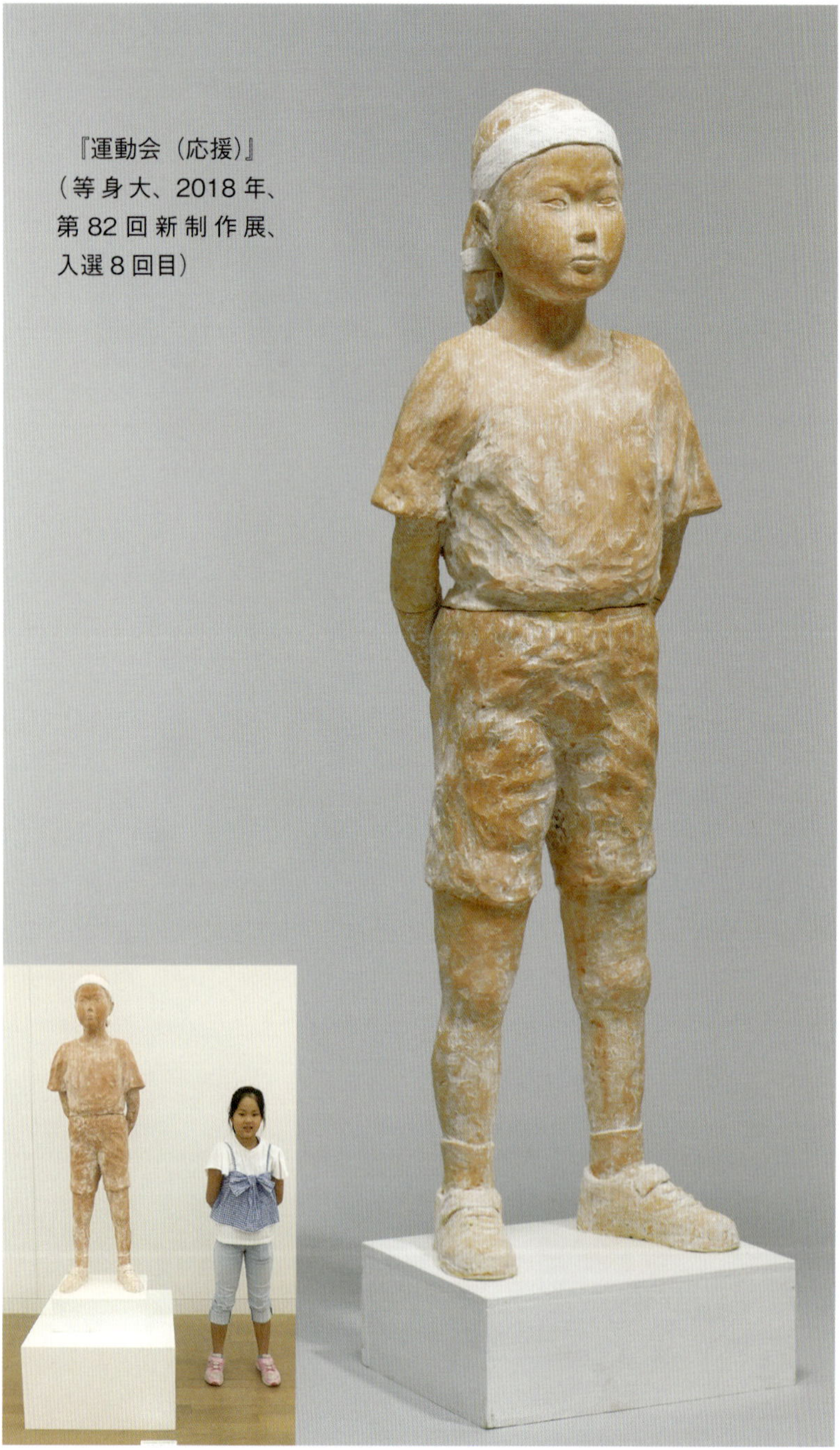

『運動会（応援）』
（等身大、2018 年、
第 82 回新制作展、
入選 8 回目）

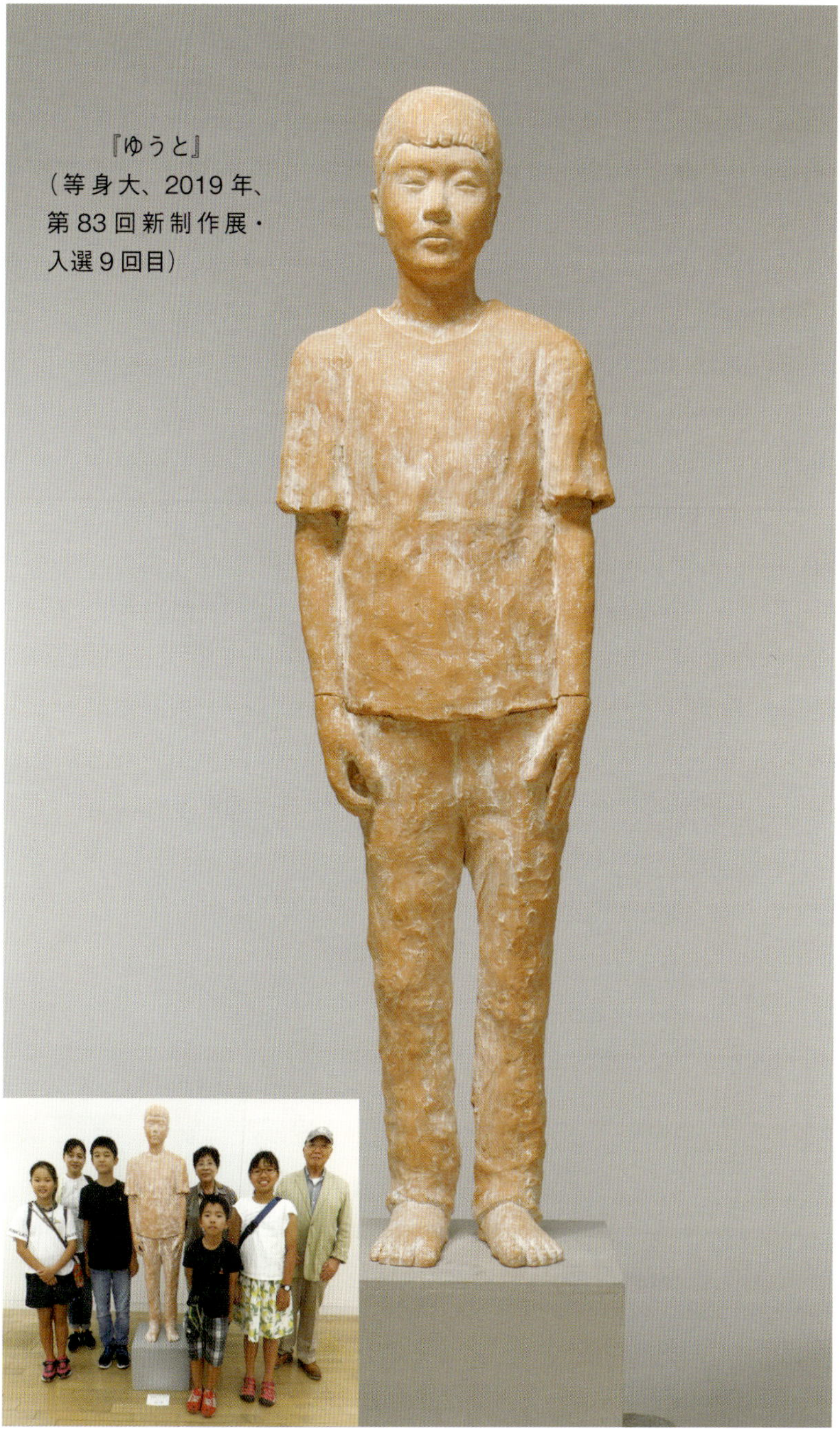

『ゆうと』
（等身大、2019年、
第83回新制作展・
入選9回目）

『まい』
（等身大の 1.2 倍、2021 年、第 84 回新制作展・連続 10 回入選達成）

『まい』
（50cm、2020 年はコロナのため WEB 展となり木彫を出展して入選した）

昭和百年を目前に ——我が人生の記録　目次

第五章　設計

昭和百年を目前に

――我が人生の記録

はじめに

私は開戦の二ヵ月前に横浜で生まれ、戦火を逃れて福島で過ごし、戦後六年目に上京、戦禍の跡がまだ生々しい東京で育ち大学の建築学科を卒業して建築技術者になった。

昭和の戦後に育ち、教育を受け、就職して戦後の繁栄の担い手である猛烈サラリーマンの端くれとして働き、バブル崩壊までを走り抜けていた。

バブル崩壊後も働いた後、趣味に明け暮れ八十歳まで過ごしてきたが、二〇二二年一月に脊髄梗塞という我が国では稀な病気に罹った。

病院での入院生活中に自分の歩んできた経過を振り返るといろいろなことを思い出した。

脈絡なく思い出す過去は平凡に生きたいと思いながら、決して平凡ではなかった。

家庭では亭主と父親をやった訳だが子育ても妻と共に懸命にやった。

そこで自分の生きて来た自分史を書いてみたいと思うようになった。

毎日リハビリに明け暮れる中少しずつ書いているうちに人と人との相互理解は不十分なことが多いので、自分史を出来るだけ正確に書き残したいと思う。

二〇二二年四月　横浜旭総合中央病院にて

第一章　横浜・谷地橋《やじばし》・道久内《どうきゅううち》

1．横浜

私は昭和十六年十月十一日に横浜市鶴見区潮田町に丸山善一郎二十八歳とスイヨ二十三歳の長男として生まれた。

家は祖父が手広く履物の問屋兼製造業を営み、私は丸山家の初孫だった。

父は日本鋳造という鋳物会社に勤務するサラリーマン、母は福島の片田舎から嫁いできた。

丸山の家は祖父善介が「丸山善介商店」という履物問屋で草履の製造も営み、多くの使用人を抱えて一手に切り盛りし、嫁である母は使用人のごとく使われていた。

母は田舎の農家の出で、祖父菅野利三郎と祖母リエの子で七人兄妹の末である。商人の家の仕来りを全く知らなかったので祖父は口喧しく母を教育していた。

私は母を「スイちゃん母ちゃん」と呼び、他所の小母さんのような気がしていた。祖母センは私を心底から可愛がってくれ、「ばあちゃん」と呼んで懐いて、いつも傍に居た。

父は二歳下の弟裕《ゆたか》と年の離れた妹妙子との三人兄妹であり、サラリーマンをしながら実家の草履の製造にパーシャルに参加して、店の予備戦力だったようだ。

叔父は私を可愛がり、連れ歩き、私も「裕《ゆたか》叔父さん」と言って懐いていた。後年、福島から出てきて叔父と鶴見界隈を歩いて、「この景色見たことが有る」と言ったら叔父が「お前を連れて良く来たところだ」と言う。そこは京浜東北線の電車の見えるところだった。

叔母の妙子は私が生まれたころは女学生であり姉のようだった。

私は叔母を「タイちゃん」と呼び、いつも一緒に居た。

祖父は丁稚小僧から叩き上げた商人で、店と家庭の絶対的権力者だった。

祖父の父である曾祖父・丸山助四郎の言い伝えでは十三歳の時、母親と妹たちを連れて越後から偉い人に従って会津に出て、偉い人がこれ以上会津に迷惑を掛けられないので皆銘々に去って生計を立てるようにと言われ、二本松にきたという。

曾祖父は二本松で手広く建設業を営み、番頭に店を譲り、自分の息子・長男市四郎と次男・善介（私の祖父）は丁稚奉公に出して商人にした。

娘たちには女子教育が必要、と女学校を出している。

曾祖母は二本松藩の家老・丹羽丹波の娘と言い、悪い子が居ると、長押の薙刀を取り出し「そこに直れ」と諫めたという。

私は初孫と言うことで、祖父母に可愛がられて育ち、祖父母の後ろ盾があり、生意気なガキだった。

私には昭和十八年八月生まれの妹広子と昭和二十年一月に生まれた妹佳子があり三人兄妹で、戦後の物資の無い頃、幼児であった私は「卵がなければ、ご飯を食べない」と我儘を言っていたことを覚えている。母は憎たらしい子だったと言っていた。

鶴見の記憶は三歳からだが、その前にも歩けない頃の湯船の中の自分、店の使用人の懐に抱かれて行った階段下の楽しいこと（五十歳を過ぎて母に話したらそこには砂糖が置いてあった）、などいくつか断片的な記憶がある。

南京豆事件

母がよく言っていたことに、「南京豆事件」が有った。私が三ヵ月になった頃に、父は南京豆を噛み砕いて私に食べさせ、大腸カタルを患い、生死の間を彷徨ったことが有るそうで、母は「生後三ヵ月の一男に、父ちゃんは南京豆を食べさせて、死に損なわせた、だから一男は一生肥れない、虚弱で過ごすことになる」と小さい頃によく言っていた。

私もその積りで、自分は体が弱いと思い込んでいたが、後に写真を見ても特に痩せている訳でも無く、普通以上に健康そうである。母のせめてもの父への抵抗であったかと思う。

横浜から田舎へ

昭和二十年、空襲が始まり、祖父と父が鶴見に残り、祖母、叔母の妙子、私、妹の広子が祖母の実家のある福島県安達郡油井村の谷地橋と言う所の宿屋の離れを借りて疎開した。

母は佳子を産むために実家に戻っていた。

田舎に行くときの上野駅の情景を覚えている。

私は兵隊さんの格好をして、上野駅構内のプラットフォームに繋がる幅広い空間を大勢の人と一緒に汽車に向かって歩いていた。私の目線は大人達の膝から腰に掛けてであり、足、足、足が交互に繰り出される中を一緒に進んでいた。

2. 谷地橋

汽車で東北本線・安達駅に着き、安達駅から数百mの谷地橋に越してきた。

火鉢に入ってお風呂のように沈んで引っ越し荷物を片づける人たちを見ていた。

この火鉢はよほど大きいと思っていたが、後年見たら少し大きめのサイズで当時の自分が小さかったことを認識した。

ある晩雪の中を、佳子を背負って母が谷地橋を訪れた。佳子と家族との初めての対面だと皆が言った。佳子は母の背中で念猫《ねんねこ》の奥深く、暖かそうな状態で背負われていた。

佳子は昭和二十年一月生まれなので昭和二十年の冬だったのだろう。

3. 道久内

谷地橋に一年ほど居てその後一〇㎞ほど離れた小浜町道久内にある母の実家の家屋や田畑を買い、移り住んだ。

母の実家は祖父母が住んでいたが、隠居所を増築してそこに萱野の祖父母が住み、終戦後丸山の祖父と父が合流し丸山一家八人、萱野の祖父母と合計十人が住んだ。

食事も日常の生活も母方の祖父母は、丸山一家と別であった。

道久内は低い山の中で、平らな道がないほどで、常に上ったり、下ったりで、走り回っていた。

遊び相手がいなく一人の時は、桜の木が植えてある家の北西の林で桜の木に登り、飛び移り、スリリングな遊びを好んでしていた。

丸山の祖父は私が成人して医者になることが可能であれば、また東京に出ると言いつつ、我が家は田地田畑を買って、疎開でなく農家として居付いた。

戦後の病気

私と佳子の間の妹・広子は昭和二十一年八月伝染病の疫痢を患い一夜にして亡くなった。夏のある夜に家中が騒がしく、目を覚ますと父母が忙しげに立ち働き、父が一・五km位離れた三浦医院に広子を抱きかかえ、母と二人で出て行った。

翌朝、目が覚めると広子は亡くなったと言う。伝染病で亡くなったので家中が消毒され、広子は日向部落と道久内部落の間の高い大きな松に囲まれた平らなところで焼かれたと言う。

戦後の衛生事情が悪く、あまりに突然の死は母にとっては大きな悲しみで、死に至るまで思い出すと涙ぐんでいた。

広子は昭和二十一年八月三歳で亡くなったが、思い出は雨上がりの日の昼飯時に、短い子供らしい赤と黄色の柄の着物を着て、大人の大きな草履をはき、雨上がりの水たまりの間を歩き庭の端に行き、大きな声で、想像をはるかに超えた大声で、前の崖の向こうの畑で働く父母に「とーちゃん、カーちゃん、まんまーだぞーイ、まんまーだぞーイ」と呼びかけ、また母屋《おもや》に大きな草履を引きずって帰る姿だ。家族は広子の声の大きさをよく届くと褒めたものだった。

叔母の妙ちゃんは昭和二十三年一月腎臓病を患い魚が大好きで午前中に焼いたサンマを骨ごと

食べ、私は骨ごと食べる妙ちゃんに吃驚した。元気そうだったがその日の午後に亡くなった。あっけない死で病んで医師には診て貰っていたが手当てが不十分だったろうと今思い返しても可哀そうで残念である。享年二十歳だった。

母方の祖父

母方菅野の祖父利三郎は義務教育四年を履修したに過ぎないが、書をよくし、漢籍を読み、地域で尊敬され町役場の仕事をしながら福島市の裁判所で調停委員として働いていたという。

祖父は本来、本家の長男で跡継ぎであったが、祖父が幼い内に姉に隣家の「稲葉」と言う金持ちから養子を迎え祖父は分家として家を出たと聞いている。

私は菅野の祖父母の隠居所に夕飯後毎日のように行き、祖父と話をした。

寡黙な祖父であったが、聞けばいろいろなことを話してくれた。

祖父と同世代のお爺さんたちについて質問すると昔のことを話してくれた。屋敷（部落を「屋敷」と呼んでいた）内のお爺さんたちの昔話は面白かった。

植物の話、虫の話など興味深かった。山から蒟蒻球を掘ってきて、灰を入れて蒟蒻を作ってくれたり、山から取ってきたテッポウムシと言うコロコロした幼虫をフライパンで炒って食べさせてくれた。蒟蒻もテッポウムシも非常に美味しかった。

日食の時は足の付いた顔を洗う桶に水を汲んでそれに映る太陽を見るように教えてくれた。

また、山から枯れた空洞になった植物の茎を採ってきて、唇を震わして吹くとほら貝の様な音が出て、面白かった。近所の友達は羨ましがって探したが祖父がくれた物に匹敵する物は見つけられなかった。

祖父との会話は古い年寄りの言葉で話していたので、東京育ちの父は「ジイッチと一男の話は分からない」と言っていた。

道久内には五歳ごろから小学校の四年の春、九歳まで居たが、たくさんの思い出が有る。道久内は心情としては私の故郷である。

道久内での父

父は都会育ちで、百姓仕事には慣れず、屋敷の人たちとも馴染めず、母の言うことを聞いて、農業に従事していた。相当に鬱積が溜まっていたのであろう、私はよく殴られた。

ある時はご飯中に箸を投げられ、頭に傷を負ったことがある。後で父と母が畑で仕事中の休憩に小事飯《こじはん》（おやつのこと）を届けた時に、一緒に食べながら母が「危なかった、目にでも刺さったら大変だった」と言い、父は反省していた。私は父が怒るのをいつの間にか素早く察知して、家の中で父の傍に居るときは父が怒る一瞬前に立ち上がり、駆け出して一直線に庭に向かい、縁側から庭に飛び下り、父が飛び下りられない前の通りとの落差の大きいところから、飛び下り逃げた。

父が追えないように私は思い切って落差の大きい所から飛び下りた。父は「怪我をするぞ」と言って、追って来なくなった。

小学校

小学校は家から一・五km位のところに二年生までの分教場があり、本校へは約四kmの道のりで、どちらに通うか選ぶことができた。

道久内部落には同級生が四人いたが、萱野信広君と私が本校を選び、萱野健司君と紺野次男君は分教場を選択した。

信広君は本校だったが登校は別のグループだった。

入学式は祖母が付いて来てくれたが、祖母は非常に目が悪かった。式の後祖母と私たちは別々に教室に向かった。私は祖母がほとんど見えないくらいの弱視で迷子になったら大変と心配で仕方がなく、泣いてしまった。

さらには机に座ると「丸山一男」と書かれており、私が教わった名前は「丸山一夫」であったので、違うと言い張った。祖母は鼻がくっ付く位に顔を近づけて名前を見て「これもマルヤマカズオだ、ほかに同じ名前が無いから、ここに座れ」というので不満ながら着席した。

それ以後、私は「丸山一男」になった。

登校は毎朝、母の実家の本家の庭に集まり、揃ったら中学三年生から小学一年生まで揃って走って約二㎞位、町部の端の才《さい》の神《かみ》というところまで走り下った。

才の神には味噌醤油、酒、雑貨を商う店が有り、道久内の人々はここまでそれらの品々を買いに出ていた。

毎朝走ったことが効果をもたらしたか、徒競走は学年一の速さとなり、自慢だった。

運動会の前になると会う人ごとに「運動会さ来《く》っかい！」「俺のハネクラ（駆けっこ）見てクダッショ」と声をかけたものだ。

小学校は町の外れにあり、町を通って帰った。日向部落を過ぎると本当の山道で、暫く家がなく左右が木や草が生い茂り、帰りは暗くなる前に家に着こうと走って帰った。

ある時、大雨のあと低学年だけで登校した。才の神には行かず、途中で左に折れ、手摺の無い木の橋「日向の橋」に来た。川の水は歩行面から一ｍくらいに増水していた。普段は歩行面から五ｍ位下に見える。雨で流されたことのある橋が揺れていた。

私は妙に渡りたい気持ちになり、友達は引き返して才の神の橋を渡ろうと言っていたが、全力疾走で渡り切った。他の子も一人一人が走って渡り、全員が渡った。下校時は橋が流れずに残っており、いつも通り橋は五m位見え、水深は何時もの一m以下に引いていた。

小学校の運動場は広く、校舎が矩の手に折れていて、長く教室が連なった職員室や児童の教室がある校舎とお裁縫教室などがある短辺からなり、曲がり角の裏の方から行くと階段を登った少し高い所に木造の大きい講堂があった。

この講堂は児童一五〇〇人が全員集まって整列しても、半分くらいの面積ががらんと残っていた。

私は背が一番高かったので列の最後部から講堂の空きスペースを見たものだった。

ある時、教壇の上で順番に歌を歌わされた。私は得意で歌ったが担任の高隅先生が首を傾げた。帰って母に「俺が歌ったら、先生が首を傾げた」と言ったら、母が「音痴だからか？」という。音痴の意味を聞いたがはっきりしないので、何人かに聞きその意味が解って来たので、その後は人前では歌わなかった。

事件

二年生の一月ころ、講堂で全員が茣蓙《ござ》に座っていたら、何人かが呼びだされた。

呼ばれた者たちを見ると、みんな町の子で学校でも、家に帰っても何時も仲良しのU君、自治警察署長の息子・H君他であった。私も学校では一緒に遊ぶことが多く、仲間として、呼ばれたことが悪い気ではなかった。行く先は校長室で廊下側の前室で大きな火鉢に当たらされて次々に呼び出された。

私の番になり、校長先生は、H君の家からお金四百円を持ち出させて、一緒に使った仲間にお前も居たのか、と聞かれた。

一歳年上のU君はクラスの皆が認めたガキ大将だった。新町《にいまち》の外れにある蔵にお母さん、青年の兄さん、お姉さんと一緒に住んでいて、お母さんは本を売る露天商でお祭りなどで見かけたことがあった。

U君のお兄さんが、若い女性を殺す事件が起き、町中が大騒ぎになったことがあった。そんな中でもU君は何時もと変わらず学校に出てきて何の影響もないように見えた。

U君の体格はクラスの中位の大きい方でとにかく威張っていて、私もいつの間にか風下に居た。教室では暴れまわり、私も一緒に行動した。私もキカンボウの代表的な一人だった。

校長先生に呼ばれた内容については、私は学校が終わってから、町の子たちと遊んだことはなかった。彼らは皆、町の子たちだった。

日の短い頃で、私は家に暗くなる前に帰りたかったから、学校帰りに彼らと遊ぶことは考えられない。

私は校長先生の話を一通り聞いて、曖昧だった答えを明確にした。

彼らのグループはU君を含めて三人までは今でも名前を覚えている。

これから先、皆と一緒に金を使い込んだ仲間となっては、悪いことをした者として将来生きては行けない、彼らに逆らっても事実を言うことに決め、「使っていません。学校の帰りに町の子と遊んでいては暗くなります。学校が終わってからは町の子たちとは遊べません」と答えた。

彼らは一緒に使ったと言っているらしく、私に「お前も使ったと言え」と言っていた。しかし、私は一貫して使っていない、と言い続けた。

町の連中に集団で襲われるかも知れないと思い、不安だった。しかし嘘を不本意で認めた後のことを考えたら、とても生きては行けないと思い、死んでも仕方がないと思った。校長先生には一貫して使っていないと言い続けた。

校長先生の取り調べが多く重ねられ、帰りが遅いので家で理由を聞かれ、事情を話した。父は一男が言っていることに間違いないと思うので、担任の高隅《たかすみ》トヨ先生のところに聞きに行って来いと母に言った。

物資がない頃なので煮物を家で作り、重箱に詰め風呂敷で包み、母が手土産として先生のお宅に伺った。

先生のお答えは「校長先生は丸山君が一貫して、使っていないと同じことを言っているので、間違いないだろうと申されていた」ということで我が家は安心した。

間もなく私を除く者たちが警察で調べられた。

下校

三年生になり、疑いが晴れて分校からの子達と合流して、クラスは二組から人数を少し減らして四組に増えた。

学校の帰り道は楽しかった。道久内部落の分校から来た次男君と健司君と一緒に帰った。

従来と違う道を通ると豆腐屋があり、いつも家で作っていた豆腐が売られているのに驚いた。

また、弁当の時間に知ったが、納豆は家で藁のコモに煮た大豆を入れて、室《むろ》に寝かして作ったが、町場《まちば》では糸の長い納豆が売られていた。

平坦な樋の口から暫くの間、川が道に沿って流れていたので夏は頭に衣類とカバンを括り付け、川の中を歩いて帰った。

ある時、流れに深みがあり、ドボンと潜り込んだが浅瀬まで流されて無事だった。

隣家の健司君は母の従兄の子だが、家人に言われたのか一部始終を報告に来たので丸山の祖父に酷く叱られた。

また、日向に山から流れ下る幅七～八ｍの川があった。

先の大水の時に渡った川で、滝が有りゴツゴツした岩に囲まれた川に入って水浴びをした。

滝の下の三角岩の流れの下が、川の流れで抉られていて、深くなっていた。ここに嵌まり込み、一瞬水の中に潜り青い水と泡が見えたが、浅瀬に流されて立ち上がった。

私はまったくの金槌で溺れなかったのは運が良かったのであろう。

これまた、健司君のご注進で、今回は大人の家族全員に叱られた。父も出てきて叱られた。

学校の帰りは本当に楽しかった。

三年の日が短くなった頃、放課後週番をして帰ると暗くなった。

父は学校に週番免除を願い出た。

週番は学級委員の役目で、名誉なことだが子供に夜道を歩かせたくないというのが父の思いだったろう。夜道では狐の声を聞いたという話を良く耳にしていた。

優等賞

三年生の終業式で、講堂に敷いた茣蓙に座って、例によって周りの子たちと話をしていたが、突然「丸山一男！」と呼ばれた。一瞬何か悪いことをしたか、気配を探ったら次々に呼ばれた子が立ち上がっていたので、私も立ち上がった。

これは優等賞の呼び出しで、賞状と算盤と筆箱を貰った。

意気揚々として帰り、家の近くから庭に居た母を見つけて、「かあーちゃーん、優等だよ、優等！」と大声で叫んだ。

母は一瞬戸惑ったようだが、満面の笑顔で迎えてくれた。

その晩は私の悪戯っ子で、悪ガキぶりに諦めていた大人たちが、本当にできるのかな？　という疑問と、よくも優等賞を貰えたものだと、ひとしきり話題になった。祖父母も菅野の祖父母も喜んでくれ、この日ばかりは暗い裸電球が、気のせいか明るかったような気がする。

この時父は不在だった。東京に出て働き、家族を呼ぶ準備をしていた。

祖父は私が成人して独り立ちが出来るまでの蓄財として十分と思った財産が戦後の急激なインフレで底をつき、失意のうちに脳溢血で病に倒れていた。

私が優等賞を貰ったことは、直ちに父に知らされ、父から叔父やほかの親戚に伝わり、暫くは父の自慢話が親戚に行くと続いたそうだ。

工作
スキー製作には特別な思い出が有る。小学校三年の冬に本家の庭で遊んでいたら、本家の修ちゃんより一歳上の影屋敷の新宅と言う家のジンちゃんが背丈より長い竹のスキーを持って来た。
ジンちゃんと修ちゃんは二本松にある安達高校の生徒で、自転車で毎日約一〇㎞を通学していた。

ジンちゃん持参のスキーは羨ましく、その場でよく観察して自分で製作することにした。竹を母方の竹に精通した祖父に頼むと早速竹藪から立派な孟宗竹を切ってきてくれた。祖父はアルバイトに笊や籠を作り、祖母は売りに行っていた。祖母は売り上げでお菓子や飴を買って帰るので、祖父に叱られていた。

製作は両方の祖父から道具を借り、道具の使い方を教えてもらった。

二人は手伝ってやると言ってくれたが、自分でやると我を張った。

制作するスキーは孟宗竹を長さ六尺（一・八二m）に切り、四分割して、二枚を竹の内側を上にして、錐で穴を開け針金でつなぎ、スキーの先を尖らして先を上に曲げた。

長靴で履くために板を釘づけにして、タイヤで突っ掛けをスリッパ状に取り付けた。

製作は庭と呼ばれる農家の土間の作業場で行った。

薄暗い庭での作業は幾日も続き、錐を揉む手は痛かったが完成を目指して頑張った。

刃物の研ぎは日頃から鎌や肥後守を研いでいたので苦にならなかった。錐の研ぎが一番多かった。

自分で作ったと言うことで「俺のスキー」と愛着が深かった。

長いスキーを持っているのは部落ではジンちゃんと私だけだった。みんなが「貸せ、貸せ」と大人気だった。私は何時もスキーを担ぎ歩き回って、良い雪が有ると滑った。

働きに行っていた父が一時帰って、スキーを担いで遊びから帰って「父ちゃん、俺が作ったスキーだ」と言ったら、父は「お前、腹を出して、服からアメンボウが下がっている、大丈夫か？腹は痛くないのか、寒くないのか」と言われ、拍子が抜けた。

春が近づいたころ、大きな畑を新雪がきれいに覆っていた。その畑は滑ることは禁止されていたが、どうしても滑りたいので抑えきれなくなり滑った。二本の筋がくっきりと付き、雪が溶けるまで残った。

最初のスキーは良く滑り人気だったので、もう一組作った。これは滑りが悪かった。

工作と言えば、私は竹で竹トンボ、水鉄砲、ヤマブキの芯を玉にした鉄砲、弓、パチンコ、等を作った。

玄関の横、母屋に屋根を寄りかけた六畳くらいの竹の鶏小屋があり、その鶏小屋には沢山の草を刈るニイガマ、枝を切るナタガマ、が掛かっていた。私はこの中から選んで工作に使っていた。鎌と肥後守が私の道具で、いつも何かを作っていた。

孟宗竹は母方の祖父からもらい、シノダケは家の周りに沢山有ったので鎌で切って使った。

切れなくなると砥石で入念に研いだ。ある時は肥後守の研ぎ具合を見るためにそっと触ったら、指が切れたことが有った。父が「肥後守は切れる」と言っていたことを納得したものだ。

東京へ

年度が替わり私が四年に、妹の佳子が入学したとき、桜の花を背景に校庭の端にある鉄棒に沿って帰る一年生の列に佳子はいないかと目で追っていたら、担任の遠藤絹先生から「丸山君、佳子ちゃんを探しているの？」と図星を指されなんとも恥ずかしかった。

父は働いていたが、原因不明の病気に罹り、長期間高熱が続き、治療の方法が無いということで、田舎の家族は毎日心配していたが、たまたま脊髄の水が高圧なので、抜いて調整したら病状が改善し、働きだした。原因不明だが兎に角病気が癒えて、父は東京で家を買い、家族を呼べることになった。

東京に家族みんなで移り住むように決まったら、薪は新しく山から取らずに、現状の家の周りの物を燃やして凌いだ。

祖母は炊くものがなくなり、風呂の薪にと私が作った滑りの悪い方のスキー一組を燃やしても良いかというので、仕方なく同意したが、暫くすると残ったもう一組の自慢のスキーも東京には持って行けないし、持って行っても東京には滑る所がないから、燃やしても良いかというので仕方なく了解した。

四月末になり父が帰ってきて、みんなで東京に行く用意が始まった。その間に父と町までお使いに行く機会が有った。二人でのお使いは楽しく、思い出深いお使いだったが、何のためのお使いだったかは忘れた。父とのお使いが楽しかったのである。

父は戦前に勤めていた、日本鋳造という会社に、昔の伝手を頼り就職したのだった。

出発の日、バス停のある樋の口まで歩いて行き、町のほうから来る二本松行きのバスを待った。

驚いたことに同じクラスの子が全員、遠藤絹先生に引率され、見送りに来てくれた。

バスに乗ると皆が手を振ってくれた。姿が見えなくなるまで、バスに手を振っていてくれた。

遠藤先生には私より一つ下の女の子と、妹の佳子と同い年の照夫君という子供がいて、ご主人は戦争で戦死されたという。

遠藤先生は私を認めてくれた。後に就職して田舎に行った時に訪ねたら、大変喜んで頂いた。

バスは二本松駅に着き、蒸気機関車で上野に向かった。

汽車の中で大人たちは旧知のように話し合い、知らない人とは思えない親しさだった。

列車はトンネルに入る時、トンネルだ！　と誰かが叫び、一斉に窓を下ろした。

汽車は酔わないと言うが、私は酔って戻したりして苦しかった。

道久内を後にしたのは昭和二十六年五月五日だった。

第二章　東京の小学校・中学・高校

1．東京に引っ越し

昭和二十六年五月五日、列車で上野に着き、叔父宅のある川崎まで京浜東北線で移動。叔父の家は川崎の幸町にあり、四畳半と六畳だった。祖父母、両親、私たち兄妹の六人が六畳を占拠してその間叔父一家四人は四畳半で過ごした。間もなく東京都大田区東六郷の父が買った家に移った。木造の六畳と四畳半に台所が付いた家に家族六人が住んだ。祖父は中風で寝たきり、六畳間に寝たので狭く、四畳半を増築し、そこが私の部屋になった。この家はワカオ住宅と呼ばれ、木造住宅百戸ほどの団地の中にあった。

当時のワカオ住宅周辺は焼け跡が生々しく家を離れると工場の基礎コンクリートが壊れ大きな広場になっているところが沢山あり、基礎がなくても雑草の繁る原っぱも沢山あった。

荒廃した戦後の頃で工場の跡地では鉄くずを拾う婦人や子供達、基礎から鉄筋を掘り起こすお爺さんなどが居た。

五月十一日に六郷小学校四年生へ転入した。五日から十日まで学校に行けず、小学校の皆勤が出来なかったことが残念だった。

東京では母が生活のため働きに出て、祖母が家族の面倒を見てくれた。

2．六郷小学校四年生

六郷小学校は二部授業で早番と遅番があった。

平屋の古い校舎と二階建ての新校舎が有り、我々四年生は新校舎の一階だった。

机が後ろの壁ぎわぎりぎりまで詰まって二クラスで各クラス鮨詰め状態で午前と午後の二部授業だった。

東京の学校は同じ教科書でも、田舎より進捗が早かった。

違う教科書もあったが、何れも教わらない部分を履修することなく済ました。

東京の学校では私の福島訛が強く、よく笑われた。

私は体が大きく遊び時間にも私の真似をする子がいたりして、暴力を振るうことが度々あった。

通信簿の成績は悪く、「粗暴である」と書かれ、祖母が「父ちゃんと同じだ」と言ったが、母は「なぜそんなことをする」と言った。

担任のI先生は私には冷たく、誰かが授業中に大声で私を先生に訴えると、何やらぶつぶつ言いながら、よく撓《しな》る竹の皮の部分の多い棒で頭を叩かれ、よく撓り頬っぺたから顎にかけて痛かった。この先生の対処に不合理を感じた。

不合理と言えば優しい女性のような言葉使いのよそのクラスの男のY先生に、廊下で会ったら「なかなか大きいな」、と言っていきなり、柔道の組み手となり強烈な足払いを食わされた。

これも不合理で癪に障りいずれは復讐と思った。

後年、中学生になり若い先生方に相撲で、柔道では警察道場で柔道二段の小父さんにも負けなくなったので出雲小学校近くに住む、Y先生の下宿の場所を耳にして、足払いの一件を思い出したが小学生の時の確執は消えていた。

木村君

転入した時に家が近いので、木村君と仲良くなった。木村君はおとなしく、無口であまりしゃべらなかった。

当時ブロマイド写真を手でポンとたたいて、裏にする遊びが流行った。

彼は毎日新しいものを沢山買って持参しては負けているのに、工夫をしないので負けても悔しくないのだろうかと思った。

ところが、偶々《たまたま》私もブロマイドを手に入れ参加したら大勝ちした。下校時におとなしい彼が珍しく皮肉を言うので以後は好きでもなかったのでこのゲームには参加しなかった。

3．六郷小学校五、六年生

五年生になると二部授業は解消し新築した二階建ての二階に我々の教室が有り、一クラス五十人位で一組から四組迄みんなが二階の教室に入った。私は二組だった。

通学は同じワカオ住宅の小川君と同級になり、小川君が寄ってくれるので、毎日小川君と水門通りの印刷屋の田中君を誘い三人で登校した。

本の音読
私は高校生くらいまで本をすらすらと読めなかった。
本はたくさん読んでいたが、目と口がどうも調和しなかった。
粗暴で田舎者で四年生での転校により履修できなかった単元もあり、勉強は自分の評価値までの成績評価は貰えなかった。

ある時、勉強のできる女の子に「本も読めないくせに！」と言われたのは、ショックだった。

私は本を沢山読んでおり、貸本屋の本は六年生の終わりまでには大人の講談本を殆ど読み終え、大人の時代小説や痛快小説も相当数読んでいた。

貸本屋から一晩借りると一冊五円だったので、借りた日に夜更かしして読み終え、翌日返した。

小川君

近所の小川君は勉強が出来、夏休みなどは東京の講習会を受講していた。

お父さんは富士銀行に勤め両親とも子供の教育に熱心で私立麻布中学を目指していた。

我が家に来ると小川君が「予習」に行っていると言っていたので、母の計らいで私も六年生の夏から一緒に通うようになった。

この「予習」という塾は四畳半と六畳の家で行われ六畳に長い座り机二台、この机に向かって座り勉強した。

六年生は五～六人だった。

塾は京浜急行の雑色《ぞうしき》駅の踏切を越えた西六郷にあり、小学校の先生である中川先生が教えていた。

間もなく算数の難しい問題は私だけが解けることが度々あったが、解く時間が掛かるので、スピードのある小川君には敵わなかった。

家での勉強はしたことがなかった。夏休みや冬休みの宿題は工作を熱心にやった。

工作の宿題

五年生の夏休みは本立てに引き出しを付け、ニスで塗装し、両側に侍の絵を下描きして、焼き火箸でその線をなぞって黒い線の絵を描いた。

後ろに空気の抜け穴を付けたらスムーズに引き出しが動いた。自信作であったが、特に褒められることもなかった。家族はおそらくは親が手伝だったと思われたのだろうと言っていた。

六年生では、竹を利用して電球のソケットを作った。提出したら一組担任の男の先生が来て、ソケットは安全規則があるので、自分で作って使ってはいけない。工作で作るのは良いと言われた。

この年は湯本君が昨年の私と同じ引き出し付き本立てを作った。引き出しと周囲とは大きな隙間が有、あまり上手ではなかったが、絶賛された。

家に帰って話したら、お前の作品は親が手伝ったと思われたのだろうと再度の説得だった。

クラスの友人達との不調和

五年のある時、私の大好きな手刀チャンバラを放課後、学校の隣の八幡様でやろうと誘われた。放課後に八幡様の森に行くとクラスの男子全員が集まっていた。「さあ始めよう」と言うと、雰囲気がおかしい、誰も同調しないと思ったら突然前に居た者が叫び全員で自分を襲おうとした。

驚いて如何したらよいか判らなくなったが、「卑怯だぞ、一対一でやろう」と言って、一番近い者に向かって、「お前か」と飛び掛かった。

小柄なT君だったが、彼はびっくりして飛び退いた。

私は更に追ったら、彼は集団の中に逃げ込んだので捕まえられなくなった。

振り返ってまた近くにいた者へ「お前か！」とやったら同じ結果になった。そうしたら落ち着いてきたので、心の中で（全員とやったのでは、とても敵わない。しかし、この場で負けては、この先この者達と一緒に過ごすことは出来ない、思い切って死ぬまで戦おう）、と腹がきまり、「なんだ、お前たち！　呼び出しておいて、やらないのか。一人ずつ掛かってこい」と言って見渡した。

誰も掛かっては来なかった。

「掛かってこないのなら、俺は帰る！」と言って、帰って来た。後ろから「逃げるのか、卑怯だぞ」いう声がしたので「やるならやるぞ」と言って振り返り、ぞろぞろと付いてきた列の先頭に向かって突進した。

集団は四散したので「なんだ、やらないのか」と言いながら、さらに帰る方に歩いた。遠くで何やら言っていたが近づいて来なかったので帰った。無事に帰れてホッとした。

この事件以来、私としては大いに反省して、傲慢な態度を取らないようにして、友達と仲良くするよう気を使うようになった。

この事件は私が負けなかったことで、以前と変わりなく皆と遊んだ。

後年、定年退職後に『少年時代』と言う映画をテレビで見て、ガキ大将が教室の掃除のときにクラスメートに囲まれ、机で押し込められて負けてしまう場面があった。

自分の体験に酷似しているのに驚いた。私は八幡様の森だったので押し込められることはなく負けなかったが、教室だったら同じ運命だったろうと思った。

4. 出雲中学校

小学校は落ち着くことなく終わり、大田区立出雲中学校に入った。

小学校では他のクラスだった子たちから、如何したことか人気があった。

六郷小学校と都南《となん》小学校の学区内の子が入学してきた。

クラスは各クラス五十人ぐらいでA組からE組まであり、私はB組だった。

六郷小学校でよそのクラスだった仙谷君をはじめとしてみんなが「丸さん、丸さん」と立ててくれ何ともこそばゆい気持ちだった。

小川君は麻布中学の受験に失敗して一緒に出雲中学に進みA組だった。

間もなく、アチーブメントテストが行われ、成績順は巻紙に書いて廊下に張り出された。

小川君は一番だったが、驚いたことに私は十番目だった。

学級委員の選挙が有り、男女二人ずつ四人が選ばれたが私は正委員になり、授業のたびに先生に対して「起立」、「礼」、「着席」と号令を掛けるようになった。

これには私自身が驚きで、なかなか自分の立場に馴染まなかった。

試験勉強

最初の中間試験の十日位前に小川君が唐突に現れて、勉強しようと言うので驚いた。中間試験の準備というので祖母は喜んで、ちゃぶ台を出して、おやつを準備し大歓迎だった。

私は断ることもできないので、教科書とノートを出した。

彼はリポート用紙を用意してあり、リポート用紙に試験の範囲をまとめると称して、まとめ方も教えてくれた。

祖母の用意したちゃぶ台で、ひたすら書き始めた。

明日も来るというので、最寄りの雑色駅前にある文房具屋に行きリポート用紙を買った。

これが中学三年まで続き、リポート用紙が溜まった。

アチーブメントテストの時は、このリポート用紙を読んでテストに臨んだ。

音楽の試験では楽譜を見て曲の名前を答える問題は全くできなかった。

考えて、家に有った絵葉書を短冊状に作り、絵のない面に教科書の全曲を最初の一行のみ書き写し、遊んでいる合間にポケットから取り出して繰り返し暗記した。

こんなことで、アチーブメントテストはコンスタントに一定の成績が取れた。

先生たち

H先生……中学一年生の、学級担任の女性のH先生とはどうも折り合いが悪かった。

先生にお説教をされた時はハイ、ハイ、と答えた。よくガラスの割れた近くに座らされた。

母が父兄面談に行くと「丸山君は私を嫌いのようです、話をすると、はい、はい、と素直なのですが、すぐに忘れてしまうようです。二年生になったら男のよい先生になると思います」、「本を沢山読んで頭が良いのか、私では不足なのでしょう」と言われたという。

帰ってきて母は「今後、私は一男の父兄会には行かない」と宣言されてしまった。父兄会には父は勤めが有り行かないことが多くなった。

葦《あし》先生……一年のある時、国語の時間に葦先生が、教科書を数ページ黙読させたことがあった。私は黙読を済まして、よそ見をしていたら、「丸山、本を読め」と言われて、「読みました」と答えると、「お前本を読めないのではないのか、一番早いじゃないか」というので、「声を出すとつっかえるのですが、黙っては読めます」と答えた。「そうか、私は読めないのかと思っていたが、分かった」と言われた。

梶田先生……音楽は女性の梶田先生で、音痴だったので一人で歌う時間は決して歌わなかったが、ある時上手いことを言われ歌わされた。先生はさっぱりした方で、「丸山！」と呼び、私の歌を聞いてからは頷いて大田区の合唱コンクールに出場するコーラスのメンバーに加えていただき、歌の上手な子達と一緒に歌の練習をさせられた。何回か勝ち進んだら、「今度はお前外れろ！」と言われ、ホッとした。

梶田先生は卒業後「お前の音痴を直したいと思ったが、直らなかった」と言われていたがカラオケが後年サラリーマンになって流行った時に私の努力不足を深く反省した。

大和田先生……私は理科が得意で、一年生の時大和田先生の時間に、夜露が出来るのはどうしてかと皆に問われた。

私は「昼間の暖かい空気に含まれた水分が、夜に温度が下がり飽和蒸気圧を超えて下がったので、水蒸気が水滴になり、それが夜露です」と答えた。

先生は「名前は？」と聞かれて、出席簿に名前を控えられた。

後年三年の担任だった佐藤先生のお宅を訪ねたら、奥さんになられた福田先生から、大和田先生は職員室で「丸山は何十年に一人という理科のできる子だ」と言われていたと話された。

井川先生……三年のある時、図工の我々の担当でない井川先生と休みの日だったと思うが、学校に行った時、先生が作った裏庭の片隅にある窯の前で長話をした。先生は東京芸大の前身・東京美術専門学校出身で、中年の先生だった。

その窯で作品を焼き二科展へ出品するという。二科展の会員だという井川先生は妙に熱っぽく話された。本当に長い時間話した。

私も質問したりして、不思議と楽しい時間だった。

後年、私は新制作展にテラコッタの作品を出品するようになり、先生の作品はテラコッタだったと思った。

佐藤先生……佐藤先生については高校受験の項で細述。私の恩人だ。

授業

勉強は中学二年から授業を真剣に聞くようになった。家では変わらず勉強しないから、授業は聞き洩らさないように、真剣に聞いた。ほかの者がおしゃべりしたりして、先生の話が聞こえないようなことが有ると、振り返って「静かにしろ」と言って、疑問に思ったことはその場で聞いて解決するように努めた。

工作

中学二年で、紙粘土の授業があり、ガラス瓶を芯にして花瓶を作り、水彩絵の具で着色した。これが校内の展覧会で金賞を受賞した。

三年生の時、授業で石鹸彫刻があり、図工の大庭先生がお前はこれを彫れとほかの人の倍の大きさの石鹸を持ってきた。大人の裸を彫ろうと、仲良しの友達と放課後銭湯に行き、大人の裸を観察した。

そして、みんなで空いた銭湯で伸び伸びと遊んで帰った。

前を如何するか話し合って手拭いで隠すことにした。

毎日家で彫って、成果を学校に持参して皆で講評した。楽しい時間だった。いつの間にか出来上がり「風呂屋にて」とタイトルを付けて完成した。出来上がると先生が取りに来て、「こんなものを彫って」と不満げに持って行った。

石鹸彫刻は全国コンクールがあり、二年下の女の子が「文部大臣賞」を受賞して、新聞に載った。私の作品が『男』というタイトルで新聞の佳作覧に名を連ねていた。

中学三年の頃、柔道の練習中に大庭先生が来られて、「今年は校内の展覧会向けの良い物がないから、お前何か出せと」言われた。なんで私が出すのかわからなかったが丁度陶芸の授業があり、先生に言われたのでこの陶器の花瓶を出品した。

これがまた、校内の展覧会で金賞を受賞した。先生は私に頼んだので金賞にしてくれたのではないだろうかと考えたりした。

校舎の移転

中学二年の頃、出雲中学は従来の校舎から、道沿いに一㎞ほど海側に新校舎が出来て移転した。新校舎は大師橋に近い、萩中町に建った木造二階建てだった。

古い校舎は出雲小学校の校舎として利用された。

移転は二年生以上が椅子を胸に抱えて、一列になって道路の端を歩いて移動した。

得意な競技

中学二年の中頃柔道部が出来たので入部した。教育大（前の高等師範か？）を卒業という体育の若松先生（五段）が転任してこられ、柔道部を作るが賛成の者居るかとみんなに意見を求められたので、真っ先に手を挙げた。私は小学校六年の夏休みに蒲田警察で柔道を習ったことがあり、是非にと思った。

道場開きに三船久蔵十段が警視庁の与田八段を伴って来られた。三船十段の講話を聴き模範演技を見た。七十歳という、三船十段の動きは軽快で、流れるような動きだった。伝説の隅落としと言う、世に言われる空気投げも見た。

いよいよ柔道部の練習を始めて、若松先生と音楽の若い宮瀬先生（参段）が来て稽古をつけてくれた。

三年になると校内初段となり、須藤君と二人が校内で黒帯を許された。柔道の練習の後、警察の道場でも練習し、疲れて夕飯の茶碗が重かった。警察では白帯を締めて練習した。

二段という小父さんと乱取りげいこをしたら、私のほうが押し気味だった。師範が私を呼んで、「お前は初段か」と聞くので、「校内初段です」と答えたら、「黒帯を持っているのか?」、「はい」というと、「明日から黒帯を締めて練習しろ」と言われた。

相撲は東京都の大会があり、体育の時間にトーナメントを行い、全員から代表を選んだ。

一年生一人、二、三年生各二人、合計五人のチームで戦った。私は一年から三年まで毎年代表に選ばれた。

大相撲の小結になった竜虎は一年上のバレー部に居たが、代表として出てこなかった。身長が高くバレー部のエースで大食いだと有名だったが……。

元十両の小父さんが来て、毎年相撲の選手が決まってから試合まで基本を教えてくれた。毎年習っているので基本動作は知識として覚えた。

運動会では一年生と二年生は徒競走で一等だった。三年の運動会は運動部の錚々たるメンバーが集まり、私は柔道部であまり走らなかったので、一等は見込みないと思ったがスタートがうまく行き一等になった。

結局、小学校一年生以来、腕の怪我で出られなかった小学校四年生を除いて徒競走は全て一等だった。

その他

出雲中学は荒れていた。よく遊ぶ仲間が、下級生を六郷川の川原に呼び出して、生意気だから焼きを入れるという話を耳にした。

　卒業式が近くなった頃、今年も焼き入れの候補がいると聞き、私は怪我人が出るのではと、危ないと思い「そいつらに俺が焼きを入れてやる、職員室の前の廊下に並べろ、俺がぶん殴ってやる」と言った。彼らは「本当に良いのか、ヤバイぞ」というので、「やる」と断言した。「ただし、殴るのはビンタ一発だ」と言ったら、「本当にやるなら、それで良い」と決まった。

　職員室の前の廊下に下級生数人を並べ、ビンタを一発ずつ張った。

　若い理科の先生が通りかかり、「おお怖い、怖い」と言って、職員室に入って行った。

　例年、卒業式後に先生に暴力を振るうことが有ったらしいが、我々の時は無かった。

　私は六年生のころから時代劇が好きで毎週祖母からお金をもらい、蒲田映画街の東映に封切り映画を見に行っていた。中学になると二年から同じクラスだった中野君が洋画を見ていて、私も彼と洋画を見ることがあった。

　当時の「平凡」「明星」は芸能雑誌だが、友達に毎月見せて貰っていたので芸能界のニュースに明るかった。私自身も映画俳優になりたいものと憧れた。

　相撲、ボクシング、プロレスが大好きで、通りがかりのお店、銭湯、駅などで夢中でテレビ中継を終わるまで見た。

　歴史に残る力道山と木村の試合は家のラジオ放送で聴いた。

中学三年の正月頃から、トルストイの『戦争と平和』（岩波文庫全八巻）を読み始め、小山台高校に入学してからも読み続けた。

高校受験

私にとっては楽しい中学生活であったが、いよいよ三年も後半になり、進学か就職かを決めるころになった。

三年のクラス担任は新しく赴任してきた佐藤良治先生だった。副担任に図工の大庭勝美先生が付いた。

佐藤先生は千葉大で建築を勉強して数学と職業課程を教えた。

佐藤先生には馴染んで、よく話をした。お宅にも伺い、いろいろなことを教えてもらった。蔵書が沢山有り、自分の好きな本を取り出して、熱っぽく話された。

佐藤先生と同じクラスの中野君と三人で、多摩川園の盆踊りに行ったことがある。

先生は我々と対等の目線で話してくれ、自分達を尊重されているようで嬉しく、なんでも先生に話した。

父は私が問題児なので中学を卒業したら、日本鋼管の養成工に入れば安心だから、日本鋼管に行けと言う。先生に伝えると「高校には行かしてもらえ」と、父に伝えると、暫くして「鶴見の下野谷工業高校に行け、あそこは就職に良いという評判だ」という。

これを聞いて先生は我が家に来てくれ、「良い大学に行けるから普通高校に入れなさい」と説得してくれた。

父は喜んで、「お前普通科に行け」、ということになり都立高校を受験することになった。受験について、先生から注文がついた。私があまりに字が下手で、汚い、これでは答案を読んでもらえない、読める字を書ける様に練習しろということになった。

それからは、父に言われてペン習字の手本で毎日一ページ、三ヵ月位練習した。

このペン習字はその後も時々やり、大学生まで続け現在の私の字が出来上がった。

進学が決まったので、勉強しようと勉強を始めるが、いつも一時間も経たないうちに体がだるくなり、少し休もうと横になると寝込んでしまい、朝方目を覚ました。

高校の選択は一学区なので日比谷高校がトップ、次が小山台《こやまだい》高校、九段高校の順だった。出雲中学からこの年は日比谷高校に該当者なし、小山台高校は私と添田君、九段高校は小川君と西本君が受験した。

添田君は不合格で、第二志望の大崎高校に入ったが大学受験で早稲田大学に合格した。九段高校に行った小川君が早稲田大学、西本君はアルバイトをしている間に進学を諦めかけたが、私が強く勧めて二浪して横浜市大に入学した。

私は佐藤先生のお蔭で、出雲中学から小山台高校に一人、入学することができた。

5. 都立小山台高校

小山台高校は目黒線（当時の目蒲線）武蔵小山駅前にあり、市街に隣接していた。

入学間もなく、小山台の入試の合格点の最低が先生が言うには日比谷より高く、八四五点（九〇〇点満点）だったという。

入学当初に先生方からは「君たちは国のリーダーとなる者たちだ、そのつもりで勉強するように」と言われた。

一年G組になり担任は榎木先生、体育の先生で柔道班（小山台はクラブ活動のグループを「班」と呼んだ）の顧問、二年、三年はD組で担任は英語のH先生、東大を出て間もない若い先生で、英語の本一冊を東京から大阪までの列車で丁度読み終わる、と赴任時の授業の冒頭に話された。

小山台高校に入ったら、みんなが勉強するのに驚いた。授業の内容は予習、復習をしなければとてもついていけない量だった。

男子三百人、女子百人で入学試験は男女別で、男子が高かった。最初の中間試験では三百番より下だと婦人席と言われていたが、私は婦人席近くであった。

質問も中学のようには出来ず、授業に集中が出来ず、散漫な気持ちで受講していた。

私はサボるつもりはなかったが、家で勉強が出来なかった。

これが三年まで続き、大きな負債として残った。

何とかしたいと、遅れないように家で慣れない勉強を始めると、中学の時と同じに急に眠くなり、体がだるくなるので、暫く休もうと横になると寝てしまった。

一年の初めから、リーダー、英作文、サイドリーダーの『アニマル・ファーム』（ジョージ・オーエル著）を習った、ご年配の黒岩先生の英語の時間が記憶に鮮明である。

アニマル・ファームは黒岩先生が良い本と言っていたので、後の三菱重工横浜・建築設計課長の時に輸出工事が始まり、英語を再勉強した時に買って読んだ。ソ連崩壊の後だったので著者の共産党の将来を見通した慧眼に驚いた。

高校に入ってから、中学の終わりごろから読みだしたトルストイの『戦争と平和』を引き続いて読んで一年生の五月頃までかかり読み終えた。

この本では、トルストイが繰り返すキリスト教の歴史観が述べられていた。

即ち、この世の中の全てを全知全能の神が決めた筋書き通りに動いている。たとえナポレオンでも神が付与した役割で神の筋書き通りに動いている。歴史はすでに神が決めたものであり、この世の全ては神が決めたもので、すべての人の動きは舞台俳優がシナリオに書かれている通り動くのと同じであるというものである。

この運命論は大学でも社会人になっても影響が続き、会社の管理者になりいつの間にか消えた。

柔道班

クラブ活動は柔道班に入った。

柔道は体育館の片隅に積み上げてある畳を練習始めに敷いて、練習後片づけた。

柔道班には一年上に呉さんと言う主将が居て初段、他は白帯だった。

呉さんと最初に乱取りした時は勝負がつかなかったが、その次は呉さんの強烈な返し技を食らった。彼は返し技が強く、練習の時に何度か返し技で取られた。

一年の時に初段に合格した。

二年の時、主将になった。小山台はいつも負けていたが、都立の強豪校・都立鮫洲《さめず》工業と対戦した時私だけが引き分けで「お前、新聞に載っている」と言われ、見たら引き分けは数に入らないので五対〇ではなく四対〇だった。

呉さんは何かと私の面倒を見てくれ、文化祭での講堂の舞台演武では自分が「受け」で「取り」を私にさせてくれたりした。二年の時運動会の応援団長に推薦してくれたがこれは固辞した。

試合に行っても兄のように指導してくれた。後で詳しく述べるが呉さんは生涯の恩人となった。

二年の運動会の前に運動班の班長会議が有り、柔道班が運動会の予行練習をサボり帰る者を門で見張って止めろと、学校側から言い渡された。

クラス担任のH先生が担当で「柔道班、頼むぞ！」大声でおっしゃった。私は咄嗟のことで、違和感が有ったが答えに窮したので黙っていた。

班室に戻る途中考えたら、何の相談もなく我々柔道班を番犬に使うのかと憤りを感じ班室に帰ると、「丸山！　俺たちは門で見張るのか？」と言われ、「いや見張らない、帰ろう」と率先して帰った。

その他の体育

走り高跳び、垂直跳び（サージャントジャンプ）等はクラスで陸上部のT君と競い、走り高跳びは同記録、垂直跳びは六九㎝で負けなかった。

短距離は運動会で一年G組の時運動会のクラス対抗リレーの選手が出られなくなり、代わりに出されたが、その順位を同じ差でキープできた。

受験

大学の入学試験はどこを受けても受からないと思ったので、東京工業大学を受けた。当然のように落ちた。

学校は都立大を勧めてくれたが、合格するとは思えないので受験しなかった。

家は貧しく、母も働き生活を支えていたが、当時は一浪が当然という時代だったので、当然のように一浪した。

6. 浪人

浪人したら、予備校の試験が難しいというので困った。

うまい具合に、小山台高校に補習科という一浪の浪人生の面倒を見てくれるところが出来て、入学試験無しで入れた。

月謝も安く幸いだった。補習科は男子だけで百人を少し超えるくらいだったと思う。ほかの都立高校の卒業生が一人居た。

浪人しても勉強が手につかず、講義に出ても、集中できず、相変わらず漫然と過ごしていた。

夏休みには高校が会議室を勉強室に開放してくれ、風通しがよく涼しいのでよく行って机に本を重ねて、強い日照りの外を見ていたことが有った。隣接していた図書館の木造家屋解体後の基礎コンクリートを初老の小父さんが、大ハンマーで壊している様子を見ていた。この暑い中でよくも働けるものだと感心していた。

呉さんのこと

八月の下旬ころ、仲間達と自由が丘に出かけて偶然柔道班の先輩・呉さんに会った。

呉さんは柔道着を折って、黒帯で結び手を通し、漫画の主人公・イガグリ君のように闊歩していた。

呼びと止めて話をした。呉さんは「俺はオリンピックに出るぞ」、と言う。私が疑問を投げかけたら、「出られるさ、俺は朝鮮から出る」という。

「呉さん、大学は何処」と聞いたら、「法政」という。「なんだ、法政かよ」と言うと、激怒して「何を言うか、お前は法政だって入れない、俺はお前の成績を調べて知っている」という。

確かに、自分は何処にも入れないかもしれない。真剣に反省した。

このまま行くと将来は乞食にでもなり、父母を養えないかもしれないと不安になった。

この呉さんとの再会が勉強する着火となった。

呉さんのこの一喝が人生の転換点となった。呉さんは終生の恩人と思っているので、お会いしてお礼を言いたく所在を探しているが判らなく、以後お会い出来ず残念だ。

勉強

早速家に帰り、お金を貰って参考書を買いに行った。

参考書は教科書以外に必要なものは入試までに時間が無いのでなるべく薄いものを選んだ。

資料が揃って、受験勉強を始めたのは九月に二日か三日残す八月の末だった。

補習科に通う時間も勿体ないので、自分の部屋の雨戸を閉めて、昼夜が判らないようにして、勉強した。

この時だけは『戦争と平和』の運命論は消え、無力感は忘れていた。

そのころ近眼が始まり、眼鏡を掛けだしたので、近眼が進まないように凸レンズである父の老眼鏡を掛けて勉強した。

来る日も来る日も勉強した。勉強は、睡眠時間やご飯の時間やトイレの時間があるので、いくらやっても、一日十六時間が精一杯だった。

勉強は緊張を持続するために、全体の予定を決め、毎日の予定を割り振り、一時間のノルマを決めて、必死でノルマ達成に向けて努めた。

次から次に高いハードルが有るので、緊張の連続だった。

英語は受験用六千語の豆単を頭から覚えることにした。繰り返して覚えることに専念した。いつの間にか英文解釈が不得意ではなく、それなりに出来るようになった。頭を振ったら単語を忘れるような不安に駆られ、暫くは繰り返し暗記を続けた。

数学は猛勉強を始める前から、難しい『新作問題集』に時間をかけて解いていた。補習科で難しい問題の解き比べをしたが、皆が難渋して解けない問題を時間をかけて私が解いた難問がいくつかあった。

国立大学の模擬テストは時間が勿体ないので模擬テストも最小限にした。

十二月の半ば頃小山台高校で、現役と補習科との合同試験があり十番だった。

模擬テストも何処の大学でも合格安全圏に収まった。

理科は物理と化学で受けた試験は満点が続き、高校の範囲を超えて勉強した量子論は興味深く、物理の研究に入りたいと思った。

祖母に京都に行きたいと言うと、東京に幾らでも大学があるのに、京都まで行く必要はないと一蹴され、私を献身的に育ててくれた祖母が言うので、両親には言えなかった。

進学担当の塩野入先生から、国立大一期、二期のどこを受けても良いと折り紙をつけられた。

当時は一般的には一期が難関校なら、二期は容易な大学を受けるようにと言われていたので、うれしかった。

ところが、ここで私の怠け癖が出て、正月を越えたら安心して勉強をせず、補習科でストーブに当たり、わいわい騒いで勉強が手につかず、怠惰に時間を過ごした。

物理学をやりたいと思ったが、その意志は固まっていたわけではなく、小山台から大勢合格者を出していた安全と思われる東京工大を受験した。

二期校は全く安易に、一期校には合格する確信が有ったので、横浜国大の建築学科に申し込んだ。理由は前年度の倍率が一番高く、誰かが「前年度は建築が三十五倍ですげーなあ」と言う者がいて、「それじゃー、俺が申し込む」と言って申し込んだものだった。昭和三十九年の東京オリンピック開催で建築ブームは続いていた。建築がなにかも建築ブームの理由も知らずに申し込んだ。

まさか建築学科に入るとは思わなかったので、友人との話で調子に乗って願書を書いて申し込んだ。

入学試験

ところが一期校の東京工大は得意の数学で失敗し、ケアレスミスが沢山出てきて他の科目にも間違いが出て不合格だった。

残されたのは横浜国大工学部建築学科の入学試験となり受験する羽目になった。

入学試験は追浜の関東学院大学キャンパスで行われた。

この年の申し込み倍率は三十七倍だが、実質は受験に来なかった者がいるので二十六倍だった。受験日は電車に乗って祖母が作ってくれたおにぎりと下敷き・筆箱と読みかけの『歎異抄』を風呂敷に包んで網棚に置き、ウトウトしている間に京浜急行追浜駅に着き慌てて降りたら、網棚の風呂敷包みを取り忘れていた。

困ったが、幸い受験票はポケットに有り、バスケット班の古川君が受験している筈なので彼から鉛筆と消しゴムを借りようと思って会場に行った。

会場に着いたらすぐに教室に入る案内があり、古川君を探せなかった。仕方なく教室に入った。席は一番前だったが思い切って右隣の人に鉛筆を貸してくれと頼んだ。貸してくれたが彼は私を警戒しているようなので左隣に消しゴムを貸してくれと頼んだ。そうしたら一つしかないから駄目だという。思わず「千切ったら、二つになるだろう」と言ってしまった。

千切って小さな消しゴムを渡してくれた。ありがたかった。

試験の結果は弘明寺の横浜国大工学部の玄関に夕方張り出された。私が受験した関東学院の教室では受験番号から合格は私一人と判った。鉛筆と消しゴムを借りた両隣は不合格で申し訳ないような気がした。

第三章　横浜国立大学

1．工学部建築学科入学

合格者の中に張明玉という留学生の名があり、合計三十五名だった。

張明玉氏は台湾からの留学生で三十歳代、国には奥さんがいるということだった。台湾の将校だったが退役して留学したという。

自己紹介の時、蔣介石は？　という問いに、右手の人差し指を鍵の手にしてジェスチャーで答えていたのが印象的だった。

大学の入学式に母が急に「私も行くよ」と宣言した。

大学の入学式は一人で行くものと思っていたが、母は友人が息子さんの大学の入学式に出たと主張していた。

横浜国大は工学部、経済学部、学芸学部の三学部あり、それぞれ工学部は旧横浜高工の有った弘明寺、経済学部は旧横浜高商の清水ヶ丘、学芸学部は旧制神奈川師範の鎌倉に在った。当時一年の教養は経済学部のある清水ヶ丘だが、入学式は工学部のある弘明寺で実施された。式が終わって構内はクラブ活動の勧誘の案内が並んでいた。

私は大学では漫然とラグビーでもするかと思っていた。幸い足も速い方で高校でのラグビーの授業でも少々自信があった。

母と学内を歩いていたらラグビー部が勧誘に来たので、すぐに応じずに「検討しています」と答えた。

母はラグビー部の大きな男たちの迫力に魅せられたらしく、構内で暫くラグビー部について話していた。

偶然高校の柔道班だった船坂君に会った。

船坂君に会って、彼とぶらぶら歩いていると、船坂君が「秀夫」と呼ばれ、見ると彼の兄恭平さんで柔道部の主将だった。

船坂君は、「丸山だ、小山台の主将だった」というと、「そうか。それなら名前を書け」と言われ、一瞬迷って名を書いた。これが柔道部に入部した成り行きだ。

家に帰って私が「ラグビーに入ろうか迷ったが、船坂が居たので柔道部にした」と言ったら、母は残念そうだった。

昼食の時間になり、店が判らないので弘明寺駅前に戻り中華そばを母と一緒に食べて、母は駅から帰り、私は建築学科のオリエンテーリングに出るため、校舎に戻った。

建築学科同級の最初の顔合わせだった。

授業のクラスは清水ヶ丘で建築学科は電気工学科と一緒のクラスとなり、建築学科三十五人、電気工学科八十人だった。

電気工学科には船坂君が居て、いつも一緒に行動した。

最初のクラス委員を選ぶ時、学生服を着て真面目そうな福島県出身のH君が選ばれた。彼はその後学生運動にのめり込み、工学部の自治会長になった。

教養は受験勉強のストックと一夜漬け勉強だったが単位を全部取得して二年生に進級した。建築学科では六人が所定の単位を取れず留年した。

建築の専門科目は二年からだが、一年から林豪造先生に木造の一般構造を先生ご自身が描かれたプリントを主体に教わった。

先生はテキストを風呂敷で包んで持参され、飄々とした雰囲気のご年配の先生だった。

お若い頃、将来を嘱望された才能ある建築家だったが、何かが有って不遇の身となったそうだ。

懐の深い親しみのある尊敬できる先生だった。

横浜国大の建築学科は高工の建築学科を創設された中村順平先生という大物教授以来の伝統で、意匠系が強い事になっていた。

私は建築という世界を知らず、建築は芸術だ、とか建築家になるには二十歳前に建築に触れなければならない、などという言葉が行き交い面食らった。

建築に関して専門家のように滔々と理屈を述べる者が居て、私は自分に芸術の才が有るとは思えないので、とんだ道に踏み込んだかと迷った。

入学の頃もう一度一期校に挑戦することも考えたが、とても我が家の経済事情では両親に迷惑がかかるので言えたものではなかった。

工学部内で転科を考えたが、適当な対象が無くずるずると時間が過ぎた。

船坂君は小山台高校現役の頃から優秀だったので、また受けなおしたいと考えていた。

しかし、結局私達は何もせず、入学時のまま電気工学科と建築学科を卒業した。

柔道部

授業にはあまり出なかったが、清水ヶ丘から弘明寺の工学部にある柔道場に練習には通った。駅にして各駅停車で南太田駅から弘明寺駅まで二駅だった。

入学して間もなく歓迎のコンパが有り、最初に大酒を飲むコンパで私は用事で出られなかったが、大酒を飲まされて出てこなくなった者がいた。当時あまり酒を飲んだ経験が無いので、参加してみたかった。

私は浪人の時、現役で大学に行った友人と一晩でウイスキー一本を飲んだことがあり、その友人は酔い潰れたが私は平常と変わらなかった。

酒と言えば、高校三年の時虫垂炎の手術時、半身麻酔をしたら十分効果が出ず、我慢できるかと言われ、出来ると言ったら痛みながら切られたことが有った。この時、医師から「お前は将来酒に強くなるぞ」と言われた。

夏休みには柔道部の合宿が有り、合宿の後は関東甲信越大会だった。

合宿は浪人して怠けていた体には負担が大きく疲れた。余りに疲れるので嫌いだった味噌汁も飲んだ。

私は味噌汁を決して飲まなかった。家ではいつも残して醬油汁を頼んだ。

嫌いな理由は味噌汁の底に味噌が残ることが気持ち悪かった。

ところが余りに疲れるので、栄養のあるという味噌汁を飲まないと他の者よりさらにスタミナがなくなるのではないかと我慢して飲んだ。

幾日か飲んでいると、味噌汁がおいしく感じだした。嫌だったお椀の底に残った味噌もおいしく感じられるようになった。

合宿から帰り味噌汁を飲むので、祖母は「合宿は良いものだ」と言っていた。以後は醤油汁より味噌汁の方が好きになった。

合宿の後、内股に出来物が出来たが宇都宮で関東甲信越大会があり、一年生では一人選手に選ばれていたのでマネージャーに電話をして、「休みたい」と言うと、とにかく会場に来いと言う。出発の前日の夕方になっても出来物が膿まなかったので、六郷病院に行ったら宿直の医師が外科で酒臭い息を吐きながら、まだ膿んでいないが、そんな事情なら切ろうと言い麻酔無しで、メスを三cmも入れて切った。

膿は出ず、血も出なかった。痛みは激しく続いた。

宇都宮大での関東甲信越大会初戦の千葉大戦に急に出ろと言われ出たが、心構えもなく安易に場外に出て、場外注意を受けて判定で敗退した。

この大会が終わったころは出来物も治り、主将の船坂さんと日光に寄り一泊して帰った。日光見物は新鮮で楽しかった。

横浜国大の柔道部は強くはなかったので試合の良い思い出が少ない。

よく話題になったのは、柔道部は厳しく練習するか、楽しく過ごすかで、部員は半々に分かれた。

私は練習を良くした。授業に出ない時も午後道場に行き、合宿用の布団を枕に皆が揃うのを待っていたことが度々だった。

一年上は竹村さんが主将になった。

三年になると主将に指名され、船坂君と馬場君が副主将、マネージャーは中原君がなった。

この年、二年下に武田君と石松君が入学してきて、大きな戦力になった。

武田君と石松君とは練習では五分だったが、武田君には学内試合において一度釣り込み腰で一本取られた。石松君とは一度も投げられることも、投げたこともなかった。

我々が出た後、横浜国大柔道部は二年下の武田君、石松君の時代以降強くなった。この年代には山陰地方出身の参段と言うＦ君が入って来たが、技はきれいだったが戦力にはならなかった。

道場で練習した仲間は良いもので、後年定年後に、私の前後数年で消息の分かる者に呼び掛けて、ＯＢの限られた人数が集まり談笑する会を立ち上げ、後輩が幹事で今でも続いている。

同期の野村君はこのメンバーのゴルフをする者を募りＫＪ（国大柔道部）会と言うゴルフ会を発足させて、後輩が幹事を引き継ぎ今も続けている。

2. 弘明寺キャンパス

二年生になってキャンパスが弘明寺に移った。

弘明寺では製図室の製図版が自分の机になった。

建築学科は河合教授設計の新しい三階建ての学舎が出来ていたが、製図室は三年生と四年生に割り当てられ、我々二年生は古びた木造の建物に入れられたのは残念だった。

工学部に移ってから専門科目が始まったが一向に授業に馴染めず授業をサボり午後から出てきたりして、道場で練習相手を待ったりすることが多かった。一時限目の授業は殆ど出なかった。ヌード・デッサンには真っ先に出てきて、一番前に座った。若い女の子がモデルだった。デッサンの先生はモデルについてモデルが去った後感想を言っていた。先生から「最初にモデルを描くということは非常に難しく、皆木偶人形のようになる」ともいわれていた。

二年になっての教養の学科は一般力学と物理を落とした者が沢山いた。

特に一般力学はみんな落とされた。

私は、教科書が英語だったので読むのに時間がかかるから、例題の数式を雑色駅から弘明寺駅まで、途中の川崎から横浜までを特急を利用するところを、各駅停車に乗り、一通り目を通して行った。

出された問題は例題と類似の問題で簡単に解けた。ところがこのテストでカンニングが沢山有ったと言うので、全員が落とされた。

事前にT先生から呼び出され「君がカンニングしていないことは分かっているが、連帯責任として君も落とすが良いな」と言う前触れが有った。

追試で合格したが、クラスで二人だけが合格で他全員が落ちていた。

みんなが何度も建築学科の教室で追試を受けて落ちていたようだった。四年までかかり最後は先生のご自宅にまで押しかけて行って、単位を貰った者もいたと言う。この一般力学は何人かが合宿して勉強をしたという話も聞いた。

同じT先生の物理も英語の教科書だったので、同じ方法で試験を受け合格した。他にも合格した者が居たようだが、大多数は落ちて、大きな話題となっていた。一般力学と物理は今でも酒の席で話題になる。

3. 大学祭

大学の文化祭では建築学科のプレゼンテーションはレタリングした大きな字で多数のパネルを制作して展示した。このパネルを作ることが大仕事で、普段授業に出ない私も狩りだされて、徹夜で描いた。

レタリングの文字はT定規と三角定規を使って書いたが、描き方を同級生に教えて貰い初めて書いた。幸い出来栄えが問題になることなく展示された。

他に「ユニテ」という模擬店の喫茶店を開いていた。喫茶店では柔道部に入った同級生の安宅君とウイスキーを一本空けた。ウイスキーについては浪人中に高校の同級生と一本飲んだ時、彼は酔ったが、安宅君は平気だった。

4. 構造演習

鉄筋コンクリートは新任のS助教授だった。

この先生の授業には出席皆無で構造演習の課題は鉄筋コンクリート造中廊下式三スパンの二階建てだった。

吉田君と曾我君がこの構造演習のために借りた部屋に入り込み一緒にやった。

二人とは違う内容で進めた。

S先生は、「君は授業に出ていないが、誰の解答を写したのか」と言われた。

「コンクリート設計基準を見て作りました。写していません」と答えた。

「何！」と言ってページをめくり、「判った」と言って、横にいる人に「ここの学生は優秀だから、授業に出なくても、解けるのだな」と言ったのが印象的だった。

5. 設計製図

設計製図はエスキスの検討を済ましていたが、図面として完成せず提出に至っていない課題が沢山あった。

従って二、三年で提出していない課題の設計案は全部出来て作図だけが残っていた。

三年から四年になるとき設計製図が全課題提出していなければ、卒論と卒業設計が出来ないということになって、何人かが留年した。

製図の課題を全部提出していなければ進級できないということが判ったのは締め切りの十日くらい前だった。私は七課題を提出していなかった。

ヨット部の主将だったF君と工学部の自治会長だったH君が来て、課題幾つ残っていると聞かれ、七課題残っていると答えた。二人は二～三課題が残っていたようだ。

ヨット部は当時、全国的に屈指の強豪で、年間百日以上が合宿で殆ど授業に出ていないように見えた。

二人は「俺たちは留年を決めた、お前も諦めろ」という。その時私は十日くらい寝ないで描けば完成すると思っていたので、「俺はやる」と答えた。「どうせ出来ないのだから、止めろ、止めろ」と言う。

私は家に帰り、部屋に閉じこもった、エスキスが出来ている案の図面化作業に取り掛かった。

昼夜の別なく描いた。布団を敷かず十日くらいは寝ないでいられるだろうと思ったらとんでもない、やはり横になって寝ないと、能率が悪いので布団を敷かないで横になって仮眠をとって描いた。

必死に描いて、出来上がったのは締め切り日の朝だった。

河合先生は「今焼いてきたのか」と笑って言われた。

先生は「しかしAはやれないぞ」と申されたので、「単位をもらえれば結構です」と答えて先生の研究室を退出した。

この頑張りで、卒論と卒業設計に取り組めることになった。

6. 卒業論文

卒論は屋内環境の後藤助教授の後藤研を選んだ。

卒論は今岡君と一緒に「ヒートポンプの成績係数と経済性」というテーマに取り組んだ。学外の図書館をめぐりヒートポンプを勉強して、新しく造った三分の一模型で実験してヒートポンプについて卒論をまとめた。

卒論は風洞を使うテーマで同じ研究室の安宅君、木村君と一緒に過ごした。

今岡君との卒論は予定内に順調に出来上がりに提出した。

安宅君と今岡君は一年生の時柔道部に入り、安宅君は途中から空手部に変わり柔道部を退部した。

今岡君は一年で退部した。彼は成績優秀なので特別推薦で清水建設に入社した。清水建設では後藤研の出身にふさわしく、建築設備の仕事に携わったが、定年後早くにガンで没した。

安宅君は卒業後に飯塚研に残り、膜構造の研究をして、女子大の教授になった。定年退職後五重塔の構造を研究していたが八十一歳の研究中途で帰らぬ人となった。

木村君はラグビー部で成績優秀で彼も清水建設に特別推薦で入社した。小石川高校卒、東大野球部のエースで後にプロに入った新治氏と同窓だった。和歌山に家を持ち、定年後東京の下請けだった会社の技術指導をしていたが、今は物故している。

後藤研は私一人が残った。

卒論中に徹夜になると、飯塚研の賀村君、伊藤君、石原君と一緒になることが多く、コーヒーを飲みながらよく話をした。

賀村君とは特によく気が合って話したので心情的には近い感じがした。

7．卒業設計

卒業設計はＢ０版の大判ケント紙に墨で描く墨入れして仕上げた。墨入れは我々の頃は烏口に替わりロットリングという万年筆のようなものが出てきたので便利になっていた。失敗すると安全カミソリで削り取って修正した。

私は大空間を構成する体育館を選び、三ツ沢に建設する想定で設計した。

しかし、単に体育館を設計するだけではなく国際的な催しが出来、なおかつ、地域の交流の場にも使えるような施設にしたかったので吊り構造で大スパンの体育館とレクリエーションの場と管理棟を一緒にした建物の二棟を設計した。

設計は大学に近い宮生君の下宿に泊めてもらい、設計したが、貸布団の敷布団が薄く寒さを我慢していたら風邪をひいてしまい、設計図がお座なりの貧弱な図面で恥ずかしかったが、それでも卒業出来たらよいからくらいの気持ちで提出した。

しかし、後に述べるように関数論を冤罪で落とされ、卒業が遅れたので時間をかけて卒業設計に取り組んだ。

卒業設計はすでに書いたものとは別に、同じテーマで大学の設計室に毎日出かけて、本腰を入れて取り組んだ。

構造計算までは要求されなかったが、体育館の部材を算定し、適正なプロポーションで図面を描いた。

透視図も入念に描いて、計画系の若い助手の先生が「このパースは横浜国大建築学科伝統の描き方だ」と評されびっくりした。

卒業設計図はケント紙大判十一枚を没にして描き直し二十七枚描いた。透視図も含めて満足の行く出来だった。

後年吉田君の結婚式の司会を頼まれたとき、主賓で来られた当時は横浜国大臨時工業教員養成所の教授だった佐藤仁教授から「体育館を卒業設計でやった丸山か」と言われていたと吉田君から聞き、ご覧になって覚えていてくれたかと嬉しかった。

8. 冤罪

先に述べたようにとんでもないことが起こった。二年の時のT先生の関数論を落としていたが、いつでも取れると軽視して、四年の三学期に追試を受けた。そうしたら意外にも不合格。

建築学科の同級生の中には何人も落とした仲間が居たが、他は合格だが私だけが出来が悪いとは思えないのに不合格。再試験をお願いしたが不可という。

建築学科主任の田口教授に卒業できないと言うと、田口先生は直ぐに関数論のT先生に電話をされたら、T先生は二年の試験の時カンニングして反省の色が無いから落としたと言う。心覚えがなかった。二年の試験は本館の二階中央の大階段教室で、私は中央の前の方で試験を受けた。試験時に左側の後方で何やらT先生と揉めていた学生の記憶があった。T先生のご自宅を二年の時一緒に先生の試験を受けた吉田君と訪ねた。T先生から態度が悪い、反省の色が無いと、頭から怒られた。よく聞くと二年の試験の時に左側後方に居た私がカンニングしたと言う。心覚えが無いのでその旨話したが、取り合ってはもらえず、結局三月末に追試をしてくれることになり、卒業は四月三十日となった。このため内定していたA社の内定を取り消された。

9. 就職まで

四月三十日までに課題を提出して卒業したが、就職先が決まっていなかった。就職が決まっていないので、如何するか大学には時々出かけて、田口先生と相談していた。先生は運動していた者が好きで、柔道部だった私には関数論のことも有ったのか、来年まで待って鹿島建設を勧められた。私は直ぐに就職したいと言い、募集に来た奥村組に応募した。

試験は大阪阿倍野にある本社で受験した。
この時出来たばかりの東海道新幹線に乗って行った。
試験の帰りに大阪の友人を訪ねた。
・賀村君は建築学科同級で大阪の設計事務所に就職していた。彼の下宿に泊り夜になって落ち合って盛り場を巡った。彼が見聞きした会社や社会の様子を聞かせてもらった。
・竹村さんは柔道部、一年上の主将。大林組本社総務部勤務で枚方寮に泊めてもらった。竹村さんから社会経験を沢山話してもらった。
大林組の独身寮の立派なことに驚いた。
・堀越君は高校の同級生。慶応大学の経済を卒業して大同製鋼に勤務中。社会経験を聞いて泊まらずに帰った。
帰宅してから奥村組の内定通知が来て、奥村組入社の昭和四十年六月十五日を待った。

第四章　建設会社

1．奥村組東京支店

昭和四十年六月十五日に㈱奥村組東京支店に出社した。

配属は建築部で常務取締役の吉村建築部長に会った。翌日、吉村部長に奥村太四郎社長のもとに案内された。

その時の日記が残っている。建設会社の社長の貫録を感じた様子が書かれている。

奥村組は奥村太平氏が創業者で、太四郎氏は太平氏の弟である。

社長室を出て建築部の部屋に案内され、建築部の机に座っていた。現場が決まるまで何をしていたか詳しい記憶はないが、入札の話を聞いたり次長から足場の図面を書かされたりしていた。

宿舎は青山高樹町の高樹寮に入り、六畳の部屋で一人だった。

賄いの責任者はゼネコンの森本組の縁者で「奥さん」と寮生が呼ぶ中年の婦人。森本組は奥村組の恩人だったと言う事から、奥さんが来ているのだという。どのような恩人なのかについては具体的には判らない。

高樹寮ではこの奥さんを敬っているようだった。

寮生は多くが東京支店に勤める社員で、現場に通う者は一時的に高樹寮に居た。

親しくなったのは東北大を出た、私と同年の四十年卒戸田君で設計部に所属していた。戸田君から会社のことをよく聞かされた。設計部と言ってもほんの数人のメンバーだった。

2. 石浜小包郵便局

石浜小包郵便局は工期二十ヵ月、入札で受注が決まった。規模が大きく七二m×三六m地下一階、地上七階で高さ三一m、両側にコアが付き、コアには階段とパイプシャフト・電機シャフト、エレベーター、階段室等があり、屋上を突き抜け二階建のペントハウスとなっていた。

この東京都台東区の石浜小包郵便局の担当として配属された。

所長は矢野課長で将来を嘱望された四十歳前の若い課長だった。

それに入社四年目の森嶋さんが決まり、二人で何時も一緒に行動した。

森嶋さんと私は高樹寮から現場近くの日本堤寮に移った。

日本堤寮は旧吉原遊郭の近くに位置して、二階には四・五畳の部屋が数室ならび寮生の部屋となり、一階には洗面所、浴室、続きの八畳間二つと四畳半があり、娯楽室と賄いのおばさんの部屋になっていた。

私には二階の表通りに面した四畳半が割り当てられた。

現場（現NTT白髭《しらひげ》ビル）へは宿舎から有名な山谷《さんや》の日の出通りを経て通った。安い宿舎が集まり、スラム街として大阪の尼崎と並び称されていて薄気味悪い思いで通勤した。

昼夜にかかわらず、酒を飲んでいる者たちが歩き回り不気味だったが、慣れてくると余り気にならなくなった。流石に日出通りの屋台や飲み屋で労働者たちと一緒には飲まなかったが、通りの外れの飲み屋ではよく飲んだ。

試験掘り

一mほど掘ったら直ぐに水が湧き出て、埋め立てたガラ（産業廃棄物や建設廃材の総称）と濃い灰色の砂質土が出てきて、さらに掘るとヘドロのような灰色のシルト（砂より小さく粘土より粗い土）が出てきた。そこで下を覗けないほど掘った、GL（グランドライン）マイナス九・五m床付けのレベルまで掘って試験掘りは終わった。

現場体制

そのうちに今野《こんの》さんが加わり、大久保さん、ベテラン牛島さんと八田さんが来て、陣容が整い出してきた。

今野さんが私の指導員になり測量などを担当し森嶋さんと離れた。

三×二〇間の事務所が建てられ、事務所の前に幅六mの仮設道路をコンクリート舗装で設けた。重い重量の車が通るので、頑丈な道路にした。

私はコンクリートの打設を担当させられ、「君は体を動かさないで、土方を上手く使え、君はこれから諸方（労務者）を上手く使えるようにならなければならない、これはその練習だ」と言われた。最後のコンクリートの量を過不足ないように注文しなければならない。巻き尺で測り体積を出し最後の注文をした。

徐々に現場の陣容は充実して島谷係長と平井係長が来て二つのグループを取り纏めた。

島谷係長は私の上司で、今野さん、中野さんが居て、型枠、墨出しの担当、平井係長は鉄骨、鉄筋、山留（土が崩れてくることを防ぐための仮設構造物）の係となったが、今野さんと私は平井グループで山留担当も兼ねた。

大久保さんと牛島さんは郵政省監理官事務所内で施工図を描いていた。

事務は松井さん、資材担当は前田さん。前田さんは事務所の一階に住み、奥さんが職員の賄いをしていた。

職員は一階の食堂で全員が昼食を摂った。

我々独身者は日本堤の寮を引き払い現場事務所の一階、食堂の隣の二部屋続きの畳部屋に住んだ。

躯体工事
大きな現場なのでパイロクレーンと呼ばれるタワークレーン二基を設けた。

八田さんと今野さんが出した墨に合わせると、すでに打ち込んだクレーンの基礎用杭三〇〇㎜×三〇〇㎜のH形鋼半分の八本×二の墨が間違っていたことに気づいて大騒ぎになった。

八本の長さ三六ｍのH形鋼が使えなくなった。

このタワークレーンは東京支店が初めて使用するクレーンで、組み立て中に何人かが見学に来た。

次に切梁《きりばり》（山留めを施工するとき、土が崩れないように土圧を抑えるため矢板などを支える水平部材）を受ける棚杭H二〇〇×二〇〇を三六ｍ打ち込んだ。

棚杭を打ち終わった後、地盤面を一ｍほど鋤取り、その後、建物周囲に掘削時の土留め用にシートパイル（鋼製のシート状に連続して土を止める矢板）をバイブロハンマー（振動と自重で杭を押し込む杭打機）で一八m打ち込んだ。

棚杭とクレーンの杭を地下三六mの硬い層に打ち込む機械は軽油を爆発させるデルマックと呼ぶ大きな音のする杭打機だった。

シートパイルはバイブロハンマーで軟弱地盤にヒービング（軟弱地盤で、土留めの背面にある土が内側に回り込んで、掘削地盤の底面が押し上げられる現象）が生じないところまで打ち込んで止めた。

シートパイル工事が済むと、掘削が始まり、GL下一・五mまで鋤取り、シートパイルに腹起しを取り付け、棚杭に切梁を設置し、腹起しと切梁で、土圧を受けて掘り、切梁は二段設置した。床付けまで九・五m掘った。

栗石を敷き、砕石で目潰しをして、捨てコンクリートを打設した。捨てコンクリートに墨を出し、躯体の各部分の位置を決め、鉄筋を組んで型枠を設けてコンクリートを打設した。

地下工事が済むと今度は躯体の周りに土を埋め戻し、土圧を地中梁と地下壁で受けて切梁を外し、土圧を躯体で受けるのである。

安全のため土工に土で汚れた切梁と腹起しを、掃除させていた。

山谷地区に隣接する現場なので、役所から山谷の作業者を使うように指示が出た。

私は山谷から来た作業員にも指示をすることになり、切梁と腹起しの土の掃除をさせた。初めは常用でのろのろと仕事をするので能率が悪かった。私は区域を限定して作業が終わったら帰って良いと言った（これをコマ割りという）。

全員が物凄い勢いで働きだしたが、十一時を過ぎて終わらないことが判ったら急に従前ののろのろペースになった。私は彼らが目論見を間違えて懸命に働いたので午後二時頃にその日の作業を終了にした。

ある日、埋め戻し工事中の夕飯後に一杯飲みに行こうと、事務所の貰い酒を飲んで下地を作り、出かけようと門のところまで来た時、妙な音がするので現場を点検したら、埋め戻しが不十分な状態にもかかわらず、長辺方向の切梁と短編方向の切梁と交差する交点を固定するUボルトが緩み長辺方向の切梁が座屈して、短辺方向の切梁の上をコーン、コーンと音を出して移動していた。切梁は大きく曲がり、曲がりは進行中だった。

急いで近くの飯場にいる鳶を呼んだが、土留めの崩壊を恐れ怖がって作業に取り掛からず覗くだけであった。このまま土留めが崩壊すると隣の工場が崩れてきて大きな事故になることは必定と思い気が気ではなかった。三〇〇㎜角の木材（尺角）を切って入れれば切梁の座屈は止まるが、鳶が仕事に入らない。そこで尺角を入れる近傍に私が座り「俺が計算した土留めだから、俺が座るので尺角を入れてくれ」と言った。そうしたら鳶が直ぐに作業を始めて、瞬く間に尺角を切って入れてくれ無事に済んだ。

翌日、鳶が「丸山さん、本当に大丈夫で座ったのか」と聞くので「俺は大丈夫だなどとは思わなかった、事故が起きたら大変だから、命がけで座った」というと、「あぶねえ、あぶねえ」、と言っていた。

しかし、以後は鳶と仲良しになり、新卒で仕事が十分でない私だったが、仕事を円滑に進めることが出来るようになった。

切梁の保守は私の係で毎日土圧を記録して、切梁のボルトの緩みを検鎚ハンマーで叩いて音を聞いて調べた。ボルトをたたいた音で、ナットの緩みも判り、土圧もボルトの緩みから推測できるようになり、土圧を受ける切梁のメンテナンスには習熟した。

地下の掘削工事が終わると、杭頭を処置して捨てコンクリートの上に墨を出し、鉄筋を組んだ。鉄筋工事で網目状に敷設した耐圧版の鉄筋の上を歩いていたら、安全靴が引っかかって、前に転んだ。まともに転ぶと杭頭の鉄筋が腹に刺さりそうなので、足を縮めて弾みをつけて受け身・前方転回して転んだ。柔道の受け身が役に立った一例だった。

鉄筋を組み終わりいよいよ型枠工事が始まった。型枠大工は直用の倉田班で安倍さんという世話役が現場の責任者だった。安倍さんは初対面での会話の途中で「あほ抜かせ!」と言うので「あほとはなんだ」と私は関西弁を知らないので怒ったら「何を言うか、若造が」となり、あまりに私が強気なので、呆れて離れて行った。夕方矢野所長から「職人と揉めては遺憾、ましてや世話役とは絶対だめだ、先方は君より遙かに仕事に精通している。この会社には直庸の職人が居るが、班長は課長より偉い、世話役にだって俺は遠慮し尊重している、大事な仕事の仲間なのだ」と言われ、なるほどと納得。以後は世話役には気を使うようになった。

型枠工事が始まると、私は型枠係と墨出し係になり、型枠工事は中野さんに、墨出しは今野さんに教わりながら、仕事をした。

タワークレーンは全ての工事で便利に使われた。

地下一階の型枠を組んでいた時、昼一番で型枠大工からコンパネを求められ、二トン車に満載のコンパネに台付けワイヤーが付いて、合図を待っている状態だったので、クレーンの運転手にトランシーバーで合図して釣り上げた。屋上を越えてコンパネを下ろし出したら、コンパネが釣り足場に触れ、グラグラと動き出し、台付けワイヤーの蛇口《へびぐち》が解けて地上七階から地下一階の床に二トントラック一杯分のコンパネの塊が落ちた。ハッ！　として下を見たら、幸い数人の型枠大工が梁に取りついて作業をしており、床面には誰も居なかった。コンパネは土留めの切梁の上に落ちたが、幸いにも切梁の下には階高が高いので、床用型枠のサポートでは長さが不足のため一面に枠足場が組まれており、切梁も損害を受けず土留めは大丈夫だった。誠にラッキーだった。

地下一階の床のコンクリートを打設すると、鉄骨の建て方が始まった。

鉄骨建て方には九州の鳶が呼ばれて集団で上京してきた。鉄骨が組み上がった時に七階の屋上の梁の上まで登ってみた。釣り足場も足元から立ち上がった柱もないので気味が悪かったが、立ち上がって一スパンを安全靴で渡ってみた。

建て方はタワークレーンで行った。鉄骨が組上がり、釣り足場を組んだところで九州の鳶たちは引き上げていった。

鳶を追うように鋲屋《かしめや》が来て、足場の上で鋲を加熱して、赤く熱した鋲を鋲屋に投げて鋲めた。カンカンと受けるラッパ状の鉄板を鳴らし受け手は自分の位置を知らせ、投げ手は大きなヤットコ状のもので鋲を挟んで投げるコントロールは絶妙な上手さだった。

鋲が済むと鉄筋工が釣り足場を使って梁の鉄筋を組み、型枠大工が梁の型枠取り付けに使い、コンクリート打設後は型枠の解体に釣り足場を使った。

躯体工事中は型枠係と墨出し係であったが、墨出しはコンクリートを打った後、地墨と型枠解体後に一m上がりの水平墨と一〇cm仕上げから控えた縦墨を打った。墨ツボの扱いは手慣れたものになり、測量器機の扱いにも習熟した。地墨は各階を同じように通して描かなくてはならないので、建物の床の隅に穴を開けて下から上に大きな下げ振りをピアノ線で釣って墨を移した。

型枠工事は施工図の読み取りが十分出来なく大工から質問されるのが不安だった。

型枠の組み方も分からないし、現場を歩いていると「監督さん！」と声を掛けられるとぎくりとした。図面を読んでも確信が持てなかった。

そんな時に中野さんが結婚で暫く実家の九州に帰ったので、二階の型枠工事は私一人が担当になった。世話役の安倍さんに頼み毎日残業をしてもらった。

自腹で日本酒を買って大工に振舞ったりもして、何とか工期に間に合わせてコンクリートを打設した。中野さんが帰ってきて、「コンクリ打ちは遅れていると思ったら、よく間に合わせたな」と言うので、気を良くした。

コンクリートは建物足場に沿わせてタワーを建てコンクリートをミキサー車からバケットに移しウインチでタワーを使ってバケットを上げてネコ車（カート車）に移して、土工がカートを押して桟橋の上を運び受け口にコンクリートを一階下の床にシュートを使って流し込んだ。

躯体工事中にいろんな職人、鳶、土工、型枠大工、鉄筋工などと仲良しになった。

昼休みに相撲をしたり、建地の足場パイプを両手で握り水平になって見せたり、馬鹿話をして楽しかった。

躯体が打ちあがり、墨出し係として仕上げ墨を中年の型枠大工の藤島さんと一緒に建物すべてを出した。実際に躯体に原寸図を描いたようなもので、大変意味のある仕事だったと思う。階段は吹き抜け回り階段で下から上まで見通せるので階段の裏も表も墨を出した。大きな下げ振りをピアノ線で吊るして、ピアノ線から追い出して上下の通りを出した。
この墨出しの経験のおかげで軀体に詳しくなり、施工図も深く読み取れるようになった。

仕上げ工事

仕上げ工事も今野さんと中野さんに指導してもらい、仕事を覚えて行った。

仕上げ工事では左官工事が記憶に残る。左官屋が塗ったモルタル金鏝《かなごて》押えの壁仕上げを、中野さんは仕上がり具合が悪いからと斫《はつ》り壊した。仕上げ具合は私には判らなかったが、仕事は厳しいものだと思った。職人は「監督さんの要求には応えられません」と壁に書き置きして去ったそうだ。

左官工事では塗ったモルタルが剝離して浮いたケースが出てきて、接着剤を注入して剝離を抑えた。

この現場は仕上げの段階で、事務所を西側に移して小さな事務所とした。

仕上げが進むうちに、設備屋の配管のスリーブがないことに気が付いて、徹夜で壁に穴を開けるべく斫り始めたが、古くなって硬化した二五〇㎜厚のコンクリート壁に穴を開けることは三晩やっても至難の業で、諦めて斫屋を呼んで穴開けを頼んだ。この時の斫り鑿《のみ》を思い切ってハンマーで叩く斫りのパンチ力を出す作業は後年彫刻に役立った。

最初の年に奥村組の副社長が現場に来て案内した。

翌年もお見えになり現場を案内した。

二年目に若い外国の建築技術者が現場見学に来た。案内役を務めることになり、片言の英語で対応したが、墨を出すのに定規を使い鉛筆で線を描いているという。墨ツボを見てこれは便利だと感心していた。

副社長来訪後、半年もすると、縁談が持ち込まれ、副社長の知り合いのお嬢さんだと言う。写真と釣書が封筒に入れられて矢野所長が持ってこられた。自宅に持ち帰って両親に話したら、「お前次第で決めればよい」というので、結婚にはまだ早いし、第一に会社の将来の社長仲介で連れ合いを決めるなどとは窮屈な話なので、まだ早いからと言う理由でお断りした。早いという理由なら写真と釣書を見なければよかったと反省した。しかし、副社長の縁談を断ったということでよく理由を聞かれた。私は「種馬ではあるまいし、……」と言って話を紛らわした。

この現場は東京支店の代表現場で、次の年には三人の大卒新入社員が来た。

3. 富士通長野工場測量応援

一年目、入社して間もない夏に富士通長野工場建設の測量の応援に一週間ほど行った。

社有車で異様に威張った運転手の運転で梅原課長の配下にいるベテランの堂向さんと私と同期高卒新人の高野君の三人で向かった。

堂向さんは牛島さんと同期で、妙に運転手に気を使い、我々には高圧的だった。

移動中の昼食にトンカツとライスを取ったら、箸を使えという。しかし、皿の飯は食べにくいのでナイフとフォークにした。ところが拙いことにフォークを取り落としてしまい、大声で手を挙げながら「フォーク！」と言うと、「偉そうに、初めから箸にすればよいのだ」という。

話に聞いていた奥村組は同族会社で社員の私生活に何かと口を出すと言う事だったが、堂向さんからは社員同士でも何かと窮屈な感じが伝わってきた。

社員に会社が次のようなことがあり、同族意識が強いと聞いていたが頷けた。
1．タバコ吸う奴は好ましくない。その時間サボることになる。
2．人事は相当に同族色が強いか、一族に近い位置にいる関西本社の方が有利に働く。
3．一度失敗すると二度と回復の見込みがない。
など。

先輩たちの話の一つに「社員の寮と一族の住まいが近い時、犬に『太四郎』という名をつけて、呼んで腹いせをした」という。

石浜の矢野所長他の人達にはこのような雰囲気はなかった。

4. Mビル

次の現場は浅草橋のMビルだった。

現場は主任が牛島さん、次席が私、三席大山さん（経験年数は多いが二歳下）、小峰君（新卒）。

日本堤寮から通っていたが、事務所が出来ると二階の事務所の奥に畳の部屋を設け、そこに大山さん、小峰君、私の三人が泊った。小さな鉄骨鉄筋コンクリート造地上七階地下二階の履物問屋の自社ビルだった。

工事は石浜と似ている建物なので、技術的には判っていたが、ディテールでは新しいこともあった。

シートパイルは隣地との境界が狭く、抜けないので埋殺しの予定で会社の倉庫から古いシートパイルを持ち込み、デルマックで打ち込んだ。

道路側は送電線と干渉しないように電線に筒状の養生を東電に頼んだ。

掘削が進むとシートパイルが古くぼろなので穴があり、水が流れ落ちてきた。手を入れて探ると奥が空洞になっているので、牛島主任に補修したいと言うが、金が無いので、駄目だという。

どの様なことが起こるか調べて、水道《みずみち》が出来て、土砂を運び隣のビルが崩壊するかもしれないと言うが、首を縦に振らない。仕方がないので牛島主任の上の矢野所長の自宅に電話をして窮状を訴えた。翌日、矢野所長が現場を見て、牛島主任にシートパイルに蓋をすること、裏側にどの程度の空洞が出来ているか判らないので、上からセメントミルクを注入するように提案してくれた。セメントミルクは何トンも入り驚いた。

Mビルではもう一つ貴重な経験をした。

一階のショウウインドウの大きなガラスの中央下端に貝殻のような欠片《かけらきず》が出来た。ガラスを入れ替えてはオープンに間に合わないので、バフ屋と言う研磨職人を呼びバフを掛けて長時間磨いて貝殻が判らなくなった。気を付けて見ればわかるが、商品を飾るには支障のないように見えた。

夜は独身者三人で現場に泊ったので、よく飲みに出た。当時は美空ひばりの『真っ赤な太陽』が流行り、どの店に行っても聞こえたものだ。ほかにあまり覚えはないが、この歌だけが強く脳裡に焼き付いている。

5．吉川工業

Mビルが完成すると、新日鉄が君津製鉄所を建設中で子会社の吉川工業という会社の社宅建設の墨出しの応援に一ヵ月ほど行った。

四階建て鉄筋コンクリート造三十二戸の社宅二棟が奥村組の請負範囲で、躯体コンクリートが打ち上がっていた。

隣には清水建設が現場を張っていた。清水建設の役員だという人が現場に来ていたが、地下足袋を履いているのには驚いた。当時、土建業界は古い体質と聞いていたが、なるほどと納得した気持ちだった。聞けば会社の先輩方にも地下足袋は鉄骨の建て方以外でも現場で履くという人が居た。

墨出しは手慣れたものなので、造作大工と一緒に仕上げ墨を出した。

この現場には後藤君と言う私と同期の学卒の社員が居たが、如何したことか低い評価を受けていたようで気の毒だった。入社間もないというのに評価する時間がないのではないかと思ったものだった。彼は気のいい男で、よく飲み屋の話をしてくれた。

吉川工業の現場は石浜の中野さんの高校の先輩と言う池田主任が責任者で、その上に幾つかの現場を総括していた岡田課長がいた。

池田主任は社内の評判がよく、温厚で大らかな性格の人だった。

6. 石浜小包郵便局二期工事

私は吉川工業の墨出しが一段落して石浜の現場に戻り前回の建物に増築する二期工事に始めから参加することになった。

山留工事は平井主任が担当することになり、その下でご指導いただくことになった。

平井主任は優秀で度胸のある人と思っており、嬉しかった。棚杭と掘削機が載る構台の杭は私の提案で下の三本目は添板のない溶接として、一本目と二本目はH形鋼に添え板を付けて溶接した。前回三本継だった杭は引き抜く時、上段の杭の根元でちぎれた反省から上の二本を回収するための提案だった。

平井主任は棚杭を千鳥に、すなわち切梁の交差する点全部ではなく、一ヵ所飛ばして棚杭を打ち、棚杭の無い切梁の交点が一つ置きに出るように打った。座屈を考えるとリーズナブルな無駄の少ない方法だった。

私はサラリーマン生活を通して、年長者も若年者も「さん」付けで呼んだ。それは平井主任がそうされていたので、納得して取り入れた。親しくなったら親愛をこめて若い人には君を付けたり呼び捨てにしたりもしたが……。

7. 東京競馬場調整ルーム

石浜の二期工事の掘削工事中に調布にある東京競馬場の調整ルーム建設を担当するように言われた。

調整ルームは東京競馬場の構内で、鉄筋コンクリート造三階建てで騎手の体重の調整のための浴室他の設備と騎手の一人部屋からなる騎手の寮だった。

一階に蒸し風呂と食堂を兼ねた広い部屋が二つ有り、二階には騎手の一人部屋が並んでいた。

現場に行くと競馬場の古い木造の建物が事務所兼宿舎だった。学卒五年目、石浜の今野さんと同期の室さんと一年下の草野君が居た。私を加えて三人のメンバーだ。草野君と私は現場の競馬場の古い建物に泊り、室さんは自宅からの通勤。

私は施工図の担当となり、現場は室さんと草野君、総括として喜多課長が居た。喜多課長は五十歳位に見える、体格の良い温厚な人で、早稲田大学を出て、自分の事業に失敗して奥村組で働いていると、人伝に聞いた。東京支店に居た栫《かこい》次長、君津でお会いした岡田課長も、事業に失敗して奥村組に勤めたと聞いていた。奥村組は急成長した会社だから、外部の力を利用して大きくなったのかと思った。

喜多課長は良く仕事を知っていて、偶にお見えになると聞けば丁寧に教えてくれた。室さんは仕事については「丸山の担当」と言う事で、細かいことは言わず任せっぱなしだった。しかし、仕事に厳しく、特にコストには厳しかった。躯体工事の施工図は石浜の現場で全部の躯体から仕上げまでの墨出しをしたので、簡単だった。鉄筋の施工図は鉄筋工が描いた。鉄筋工の世話役はインテリでロシア文学を学んだが左翼のため就職が出来なかったので鉄筋工になったという、確かに頭の良い人で鉄筋の配筋についても教えて貰うことが多かった。鉄筋工は二人で棟続きの部屋に泊っていたが、仕事以外の平時は没交渉だった。

設計監理は梓設計で我々の事務所から少し離れたところに小さなプレハブ小屋を建てて事務所にして常駐者が一人、山下さんという私と同期の早稲田大学建築学科卒の人だった。

室さんは仕上げ工事の木工事を直営でやると言い出した。予算が厳しいのでとても木工事を外注することは出来ないから、材木を買って、大工と加工屋を雇って木工事をするので、木工事の施工図を描けと言われた。

当時でも既に木工事は多くのゼネコンが材工共で木工事屋に発注していたので、室さんも木工事の施工図は描いたことがないという。不安だったが本屋に行って木工事のディテールの本を買って調べ、一つ一つが詳細を知らないと描けないので沢山の時間を掛けて幾つもの例を参考にして考えて結論を出し描いた。山下さんは同期なので許可するか、しないかの判断に迷われて、なかなか結論が出ないことが度々だった。

山下さんには検討の経過も説明して、二人で検討するようなことが多くあった。私の図面でいよいよ工事が始まることになり、図面から木拾いをして数量を計算し材木を発注した。発注までは慎重にしたが特に問題とは思ってなかったが、木材が運ばれて、現場の一角に高く積み上げられたら、材料の多さに驚いた。直ぐに加工屋が入ってきて、図面の内容について打ち合わせをして、加工を始めたら、たちまちのうちに材木が加工されドンドンと加工済みの枠材が積み上がった。私は吃驚して、加工図に間違いがないか何度も現場から帰って確かめた。妙に心配になってドキドキした。そんなこととはお構いなしに加工は瞬く間に進み三、四日で加工屋が帰り、今度は造作大工の仕事になった。

加工屋とは簡単な打ち合わせだったが、造作大工とはそうは行かず、細かい話が出て教えてもらうことが多かった。教えられても簡単には納得せず、散々に検討して施工図を描き直すことも有った。

特に一階の大広間は二つに分割しなくてはならず、一〇mのスパンが有り二本分割で下がり壁の無目鴨居を描いていたら造作大工の世話役はこの様なものは「でぇーん、と一本物だ」と言うので注文して取り寄せた。長いので運送が大変だと言うと、この位の物は大丈夫だと言うので注文したら案外簡単に届いた。届いた材木は幅二五〇×五〇㎜のラワン材で立派な材料だった。

騎手の寝室はベッド一つが入った、片開きのドアが付いた一人部屋で床には一〇㎝角のパーケットブロックが敷き詰められた。床は接着剤で貼り付けサンダーで仕上げ、ニスを塗って仕上げることも物珍しかった。

浴室は総ヒノキ造りで、壁、天井、浴槽はヒノキだった。天井は勾配を付けて壁際まで水を導き小さな樋を付けてコーナーで下の排水溝に落とした。

調整ルームのどの部分も検討して詳細図を描き納得の行く施工図にした。

この現場では墨出しと仕上げの現場を担当したので妙に自信が付いた。

梓設計の山下さんは竣工式に上役が来て「よく考えて納めている」と褒められたというので私としても満足だった。

8. 日通府中倉庫

調整ルームが終り、近くの日通府中の倉庫を担当することになった。私と草野君が担当で喜多課長が上司だった。室さんは他の現場に行って私たちは引き続いて競馬場の中で寝泊まりしていた。日通の事務所は隣接した建物の二階で、鴻池組の運輸部門の隣だった。

鴻池組の人たちには「建築屋さんは何時も威張っていられていいですね」と言われた。外注先への督促の電話が多く、口が横柄になっていたのでそう聞こえたようだった。

日通の倉庫では工期が短く喜多課長が来る頻度では工程が間延びするときが多く困って居たら、藤本主任に担当が変わった。

藤本主任は東京支店で一番利益を上げる人で下に厳しいという評判、若い人達から畏怖の念を持って見られていた。しかし、初対面の藤本主任は意外に鷹揚で優しく噂とは違った。

調整ルームで下職だった造作大工に木工事を頼み、見積もりを貰ったが、喜多課長が来ないので、電話をしたら「君が決めろ」という。皆目分からないので喜多課長が来られるまでと、そのままにしていた。そのうち喜多課長と藤本主任が現れて引継ぎを行った。

発注は藤本主任がすることになり、木工事は工程に合わせて着手しており、伊藤工務店は藤本主任に発注を依頼して、藤本主任は工事を始めているのなら言い値で良いと見積もりをそのまま認めて発注した。私には仕事をする前に決めてやるものだ、少額の発注なので良かったが、ジャンケン後出しは良くないと言われ、確かにと納得した。以後は必ず発注額は工事前に取り決めるようにした。内容が分からない時は予算からこちらで払える額を伝えてから工事をするようにした。フランクに予算を見せて伝えると意外にも聞いてくれるところもあった。現場は一瞬の決断が求められた。

藤本さんは「君は伸びると喜多課長が言っていた」と言ってくれた。至って優しく柔和な応対で過ごしたが、藤本さんの指示で竣工式の神事の段取りをして、いよいよ神主が来る準備を整えた時、私は「コンクリートの叩きに水を打ちましょう」と提案したら、「なんで水を撒くのか」と怒ったので説明するまでもないと黙った。

暫くすると「丸山君、水を撒け」と平気な顔をして指示をした。そう言えば「藤本さんは、良いと思うことは前言を平気で翻して修正する」と室さんから聞いていたので「これだな」と思った。決して悪い気でもなかった。自らの誤りを平気で修正することができる人と言う事で好感を持った。日通府中の工事が終わり、次の現場は藤本さんの下で東京の平井駅に近いボーリング場「平井ボール」となった。

9. 平井ボール

平井ボールへは藤本（主任）さんと私が乗り込んだが間もなく夏目さん（二歳上）が加わり、仮設工事を始めた。夏目さんは藤本さんのお気に入りでよく話題に出てきた人なのでお手並み拝見と思った。ところが驚いたことに仕事を人に押し付けあまり自分で進んで仕事をしたがらないタイプで、藤本さんにも不平を平気で言う人だった。何故この人が藤本さんのお気に入りなのか理解できなかった。

仮設工事は藤本さんが計画して、事務所や食堂・倉庫・社員の寝室は藤本さんが設計して仮設ハウスとトイレの工事から始めた。

藤本さんには事務所の入り口に近い一角に畳敷き休憩所兼寝室として泊まれる小さな部屋が出来た。

仮設が終るころには沢井さん（二年上）、石浜の現場で一緒だった波多野さん（二歳下）、私の一年後入社の佐藤君が加わり陣容が整った。

陣容が整って食堂ですき焼きをした。

杭打ち工事の前にサウンディングしたら大量の戦前の建物の基礎が埋設されていたことが判り、掘削機械で掘り起こし、姿を現したら写真と大きさと形の分かる図面を描き、地下埋設物の合計数量を出し、追加工事として請求する資料を作った。

杭打ち工事はＰＣコンクリートパイルを支持層まで四〇ｍ三本継で打ち込んだ。

私は鳶・土工と型枠係、沢井さんが鉄筋係で躯体工事が始まった。

私は型枠工事の担当で、一階のコンクリートを打設する準備をしているころに、倒産した稲村建設から私と同年の福島君が来た。彼は身長一八二㎝でがっしりとした体格、東京理科大建築学科卒、自動車部の主将だったという。

高校では陸上の八〇〇ｍの選手で、習字がうまく石鹼彫刻では中学時代に全国大会で文部大臣から賞も貰ったという（私が佳作を貰ったあの大会だなと思った）。

気のいい男で寛容で懐の深い男だった。彼とは終生続いた友情を育んだ。良い男だったが残念ながら二〇一六年十二月十三日に鬼籍に入った。

建物全体が湾曲して上がり外に広がり、軍艦のような形をしていた。湾曲は特別な関数曲線ではなく、アナログなので図面から形を決めて上に行くにつれて倒れも施工図の段階で決めて行った。福島君が施工図担当となり、私が現場担当。福島君が描いた施工図から型枠大工が組み立てられるように具体的な寸法を決めて指示をしたが、福島君が私の依頼で手回し計算機で計算してくれた。当時はまだ電卓がなかった時代で、自動車部だった福島君はラリーで手回し計算機を使っていたということで、器用に計算機を使っていた。

一方現場は大工が迷わないように単純化して作業をしてもらう必要が有る。

外壁の内面から五〇cm離れた位置に内側の型枠の地墨に沿った墨を出して、外の型枠位置を決め、平面一mピッチで測定点を定め、垂直方向1m毎に倒れを出して型枠を倒して行く方法で型枠を組んだ。コンクリート打ち継ぎ位置の高さを決めて面木《めんぎ》を打ってコンクリート打設高さを決めた。

躯体工事は二階のボーリング場はプレストレストコンクリート（PCコンクリート）の大スパン梁（三階の床）で両側の柱にアンカーを取ってコンクリートが硬化してから引っ張り力を加えた。

ＰＣの大梁に張力を加える前に、支保工で支えたまま、支保工を補強して三階ボーリング場の大スパンの鉄骨屋根の建て方をオーストリッチと言うミニクレーンで行おうとした。オーストリッチを吊って三階の壁を越えて三階床に下ろそうとしたが、クレーンの運転手から見えないため、合図に齟齬が出て一ｍ近くの高さから落としてしまった。

床が振動して吃驚したが、幸いＰＣ梁に異常がなく、無事に済んだ。オーストリッチは少しの落差と思ったが、車のある台座とクレーン部分を繋ぐ太いボルトが数㎝の間隔で繋いであったが見事にせん断力で切れているのには驚いた。建て方はオーストリッチが使えなくなったので、鉄パイプの二股で、下に鉄板の橇《そり》を置き、ウインチを使いワイヤーを付けて移動しながら建てた。二叉の操作はウインチのワイヤーを張って鳶土工の世話役石原さんが行った。それは見事なもので当時でもあれだけのウインチ操作ができる鳶は稀だったろう。

ＰＣの緊張工事も珍しい工事であるが、これは専門業者の領域なので割愛する。

私は鳶・土工担当で世話役の石原さんとは気が合った。

追い込みの外構工事は全員が真剣に取り組んでくれた。常傭での作業なのだが、私の要求に応えて働いてくれるので出面帳《でづらちょう》を石原さんに預けようとしたら、「丸山さんが書いてくれ」と言った。私が見るよりも少ないので、アドバイスしたが、時には「そんなに親父に儲けさせなくともよい」と言う時もあった。

実によく働く有能な集団だった。

鳶土工の飯場は現場から少し離れたところにあり、私はよく訪問した。一階は世話役の石原夫妻が三歳くらいの男の子と一緒に住み、二階が大部屋で鳶や土工が住んでいた。

奥さんも気のいい人で石原一家は心情的にも大好きで今でも懐かしく、出来れば会いたいものと思う。

世話役の石原さんだけではなく、鳶や土工の人たちとも親しくなり、世に言う前科者が沢山いたが、皆良い人ばかりで、罪を犯した経緯にはそれぞれの理由があったが、やはり自制力が足りないのだろうと思ったりした。

外構工事の追い込みで最後に全体を均して舗装をするが、藤本さんが隣の鴻池組の現場にブルドーザーがあり、「酒一升を持って行って、借りて来い」と言う。ギョッとしたが、これは面白いと思い、出かけて行って試しに頼んでみた。そうしたら鴻池組の年配の所長が「奥村さんもやるな~、よく間に合わせたね。君が土方の担当か?」と聞かれたので、「はい」と答えた。ブルは気持ちよく貸してくれた。ブルは直ぐ返したが、さらに暫くするとほんの少しだが、ブルが必要になった。また行けと言われ、なんともきまりが悪かったが、借りに行ったら、所長が不在で違う人が出てきたが快く貸してくれた。作業はほんの少しだったので、オペレーターを頼まず免許を持っていた佐藤君が運転した。

ブルドーザーを借りたらリース代、回送料、燃料費などが掛かり、大変な出費だが酒2升で済んでしまい、藤本さんの現場で儲ける精神は興味深かった。

佐藤君は新入社員で力が強く私は力で敵わなかった。

夜に現場で妙な音がしたので、佐藤君と私は現場を見に行ったら、三階に人影を見たような気がして追いかけた。佐藤君はいち早く下に回り捕まえた。

平井ボールが終わるころ、浦和マタイプールを受注して、次は浦和に行くことになった。

10．浦和マタイプール

平井ボールと同じ経営者だが「マタイ」を付けて呼んだ。

浦和マタイプールはボーリング場に隣接する遊覧プールで、園内を周遊する流れるプールとプールの周囲は甲羅を干すスペースでプール内には子供プールや遊戯施設があった。プールに隣接して更衣用の建物があり、その建物の屋上から水の流れる滑り台があり、水流に囲まれた島のプールへと滑り降りた。

この工事は他社が土工事途中で放棄した超短工期で奥村組は工期に間に合わせたら懸賞金が出

るという条件で受注したという。最初から工期の厳しさが判る工事だった。

現場員は藤本さん、夏目さん、四歳下の川口君、新卒の棚岡君と私、事務屋は中年の小柄な小林さんだった。

私は平井ボールの工事の終末にお腹を壊し、暫く実家で養生していたので、浦和マタイプールでは施工図を担当することになり、現場の第一線は川口君が担当となった。

川口君は藤本さんの大のお気に入りで、「川口君を見習え」、などよく言われた。川口君は唐竹を割ったような性格で、体格が良く非常に優秀だった。後年は定年前に奥村組を退社して、有名設計事務所の設計監理を頼まれ、大きなスーパー大手ゼネコンが施工する大現場の工事監理の責任者を委任されていた。このことからも優れた技術者であることが判る。幾つかの現場を監理して七十五歳まで仕事をしていた。

川口君は現場の残業用投光器の配線で、電柱に登り、墜落して足の大怪我をして入院、急遽私が現場担当となった。丁度土工事が終わろうとしていた頃だった。土工事は吉川組で工藤さんと言う世話役で、社長と親類と言う事で石原さんとは違った持ち味だったが、協力して良く仕事をしてくれた。

食事は一階の食堂で炊事のおばさんの料理を食べた。工事の追い込みになると藤本さんは事務所の片隅の畳の部屋に泊った。夜は食堂で藤本さんと話す機会が多くなり、追加工事を請求するための作戦会議をよくした。私は作戦参謀のようになり、私の意見を取り入れて請求した。いつの間にか私は「丸山君」から「丸さん」と呼ばれていた。

ある時、昼で現場が休みの時「丸さん、しゃぶしゃぶを食いに行こう」と言われしゃぶしゃぶ屋に行った。女性がサービスしてくれ、本当に美味い味で初めて食べたしゃぶしゃぶの味は忘れられない。

工事完成は予定通り無事に工程内に終了したが、次期工事は姉ヶ崎のマタイボールと言う事で暫く工事完成後もしばらく事務所は設置されたままになり私一人泊っていた。

昼間は現場事務所で姉ヶ崎マタイボールの見積・積算をした。

浦和マタイプールの工事が完全終了して、次の工事は姉ヶ崎マタイボール工事のため、姉ヶ崎駅近くの民間の古い住宅を借りて、移り住み込んだ。

11. 転職の動機

浦和マタイプールの工事では若い設計者へ設計に具合が悪い点が有り、改善案を提案しても受け入れられず、設計者の言いなりになるので、請負工事の担当者の仕事は詰まらなくなってきていた。奥村組と言う会社ではやり甲斐のあるような工事の受注は難しく、私生活にも口を出し、同族で固めた経営にも不満が出ていた。請負会社は所詮請けてなんぼの世界であり、設計部門や研究部門では会社の主業務ではない。

いろいろ考えて、会社を辞めて独立したい気持ちが出て来た。

伯父は東京鋼板と言う会社の役員をしていて、当時話題となっていた炭鉱労務者を雇用して時の人となって、テレビにも出演していた。

独立するには当時不足していた労働者をどう確保するかが問題だったが、伯父の伝手から、労働力の問題は解消しそうだった。

私は経験から仕事にも自信のようなものが出て来ていた。設計事務所ではなく工事会社をやろうと思った。工事会社と言っても急に工務店という訳にもゆかないので、手始めにはゼネコンの下請け工事業が良いと思い、鳶・土工か鉄筋工事業に目を付けた。

ところが、ゼネコンを辞めて、直ぐにゼネコンの下請けになると元の会社から抵抗が有ると聞いた。

伯父は大手のゼネコンに労働力を供給していたが、暫く時間を置いて開業した方がよさそうだということになり、暫くはゼネコンとは縁のない大手のメーカーに転職しようと就職先は新聞広告で探し潜り込もうと目論んでいた。

奥村組には引き続き勤務しており、退職のタイミングを見ていた。両親のことを思うと、辞めて宙ぶらりんの状態は申し訳ないので、安心させて身を処したいと考えていた。

勤務は決してサボったりはしていなかった。私は入社以来給料を貰うからには、誠心誠意勤めた。

多く働き日曜日も月に二回までの休み取得、夜遅くまで残業して、月の残業手当は二十四時間と言う不合理な勤務体系だったが、見合わなくても報酬を貰うなら全力投球という姿勢は、学生時代のアルバイトも、奥村勤務時代も、三菱重工、関連会社と終生変わらなかった。

12. 鈴木商館

奥村組では、姉ヶ崎マタイボールの工事開始を待つうちに、千葉県五井《ごい》の鈴木商館と言う会社の倉庫の担当になった。

宿舎は前述の姉ヶ崎から通った。

岡本係長が九州から転勤してきて、木更津の新日鉄の工事を担当している合間に、時々顔を出して私の上になって面倒を見ることになった。

私は次席だったが事実上の現場の責任者で、初めての経験で実行予算も発注も私の権限と言うことになった。私の下には松本君と小峰君が居た。

工期が短く、五井の埋め立て地に建てる倉庫で、建物は杭でしっかり支えるが、少し離れた水槽は埋め立て地に設けるため、シートパイルで土留めをして、周りをウエルポイントで水を汲みだして水位を下げて工事をした。

周りは歩くと足が潜るので、湿地ブルで土砂を動かした。小さい工事ではあったが技術的に内容のある工事だった。

鈴木商館の工事が終わっても、まだ姉ヶ崎マタイボールの工事開始にはならなかった。

13. 千葉パークホテル

次は千葉パークホテル建設工事で四億円の工事。藤本さんの下の次席に抜擢された。

私の下には今回も松本君と小峰君がいた。松本君は会社に不満が有り退職したいと言う。松本君の話をよく聞くと、ただ会社が嫌だというだけだったので、次の見通しもなく辞めることは、道を失う心配が有るから、人生の計画を立ててから退職するようにアドバイスした。

松本君は思いとどまって会社に残り、後に婿養子になり幸福なサラリーマン生活を送ったという。

14．転職

新聞広告を見て応募した三菱重工の入社試験が進み、丸の内の本社で面接が有った。当時の人事課長が面接時に「現在君が居る職場は、君が主役の職場だが、三菱重工に入社すれば、君は傍流となる。今のまま勤務を続けた方がよくはないか」と質問された。

今考えれば、まともなご意見で、親切なご質問と思うが、当時の私は転職の目的が違うので、「それを決めるのは私です。私はこちらの会社に勤務したいと思います」と応えた。

同席の方々は「その通りだ」と申され、この件は納まったが、結果については気になった。

昭和四十四年十一月、円満退職を条件に入社が決まった。

昭和四十五年の年頭から勤務したいと思い、藤本さん経由で会社に退職を申し出た。

退職の理由は親の面倒を見るためと言うことにした。

会社は「何が気にいらなかった？」、「設計がやりたければ、研究がやりたければ、何でも希望を言いなさい」、と慰留してくれた。

勤めは同期の他の人より早く責任ある仕事を任せてもらい、何の不満もなかった。

藤本さんは「日の出の勢いの君が退職するとは思わなかった。君は松本君を慰留したではないか」「奥村に居て悪いことはない」と親切に留まることを勧めてくれた。

結局、年内円満退職は無理と判断して、三菱重工にその旨を伝えると、会社からは「兎に角、円満退社が条件だ。何時まででも待つから円満に退社してこい」と言われ、年を越した。

年を越して、間もなく退社の意志が固いので、矢野所長と藤本さんは吉村建築部長に伝え、吉村部長から、電話で「やむを得ない、残念だ」とのお言葉を頂いた。

吉村部長との話では一抹の申し訳ないという念が湧いたが、退社を決めて、三菱重工の人事に連絡した。三菱重工から二月一日は日曜なので、二月二日から出社するようにと言われた。

奥村組での生活は楽しかった。後々思い出しても楽しかったためか、後年復職した夢を見たことが有った。奥村組の人達とは今も交流している。

15. 新しい職場に備える

退社が決まって、福島に旅行した。父の従弟だが歳は私より五歳上で兄弟のようにして育った福島県の祖母の実家を守っている官野力雄さん（力雄ちゃんと呼ぶ）の家に寄り、暫く過ごした。この家は祖母の実家で、子供の頃から馴染んだ家だ。

三菱勤務中も時々この家には出張の帰りなどに寄った。力雄ちゃんが兄のようでもあり、子供のころから大好きだった。

後年のことだが出張の帰り仙台で大酒を飲み、列車で調子が悪くなり、福島からタクシーで行き、前作《まえさく》で暫く休んで帰ったこともあった。

この旅行ではマサノ伯母さんも、力雄ちゃんの奥さんの幸子さんも良い人で、一家で大歓迎をしてくれた。前作から常磐線を経由して折木温泉と言うところに泊まった。

目的もなく、広告を見て泊まりに行き泊まった。宿では若い男が一人で平日に来たので、不審に思われた節が有った。

温泉に入っていたら、突然おばさんたちが風呂に入ってきたのには驚いた。出るに出られず、困っていたら、話し掛けられ、二言三言話したが、上の空でからかわれたのを尻目にホーホーの体で出た。宿はこの時期は温泉が暇なので男女混浴にしているという。

帰りに勿来《なこそ》に泊まって、折木温泉の顚末を話したら、女中がクスクスと笑う、遠慮がちだったからさらに聞くと、折木温泉は気の触れた人に効くという温泉だそうだ。

常磐線の旅を終えて帰り、大急ぎで大学の教科書として使った『構造力学』（二見秀雄著）を勉強して、二月二日に三菱重工横浜造船所に出社した。

第五章　設計

1. 三菱重工入社

奥村組を円満退社して二月一日から勤めたかったが生憎と一日は日曜日で二日からの勤務となった。

昭和四十五年二月二日（月）、三菱重工業（株）横浜造船所の人事課を訪ねた。

担当の人に会うと、勤務する職場は「環境装置……課」と言う。

私はてっきり新聞の求人広告に記載の鉄構の設計と思っていたので驚いた。今まで聞いたことのない分野なので、戸惑い、即座に「環境装置云々と言うところは知らない、何をするところですか」と聞いた。

腹の中では、知らないことをやらされたのでは堪ったものではない、仕方がないのでこのまま帰ろうかと思った。

人事の人が説明してくれたが、全くわからないので同意しなかった。

暫くすると機械設計部の松本部長が来て説明してくれた。

松本部長の説明は判らなかったが、わざわざ部長が来てくれたので、今すぐ行く宛もないことから、暫く職場を見てみることにし、機械設計部環境装置設計課の飛鳥田《あすかた》課長のところに連れて行かれた。

飛鳥田課長は当時の飛鳥田横浜市長の弟さんで白髪で白いものが混じった無精ひげを生やしていた。

配属は環境装置設計課計画係、建築グループに決まった。建築グループは社員が五人、引き入れ外注は五人、庶務の女性一人。総勢十一人のグループだった。

入社早々米田さんから「丸山さん、構造出来る？」と声を掛けられた。短期集中で二見秀雄先生の『構造力学』を読んできたので、自信はなかったが、「えぇ」と応えた。

溜まっていた鉄筋コンクリートの煙突の設計を与えられた。煙突の設計は次々と出てきて、五本の鉄筋コンクリート造煙突を設計した。煙突の設計は、鉄筋コンクリート設計基準に設計例が記載されていたので、容易に設計できた。

鉄筋コンクリート造煙突は構造計画研究所の杉山さんと言う人が営業に来て、話した動的解析は大変興味があり、頼んだら興味深い結果が出た。

杉山さんの影響で有限要素法の勉強をしたが、仕事に直接のニーズが無く、モノにならなかった。しかし、有限要素法の解析概念が判ったことは大きな収穫だった。

2. 信越化学堺工場の工程キャッチアップ

最初に与えられた出張の仕事は自家発プラントの仕事だった。堺市に建設中の信越化学堺工場の自家発プラントで鹿島建設の建築工事が遅れていることによる、工程キャッチアップの仕事だった。

現地に行ったのは三月三十一日で赤軍派が問題を起こし、宿に着いたら事件の最中でテレビの中継中だった。

翌日から毎日現場に出た。鹿島建設の現場に途中から行っても私のような若造が工程進捗に口を出す隙は無かった。内容を精査すると工期そのものが短いように思えた。

毎日、現場に出て五十歳くらいの所長と話をした。いろいろなことを教えて貰った。

休日も現場が動いていたので、私も出た。所長は、休日は休みなさいというが、工程が遅れているので、休む訳にもゆかず、所長が休みの時は現場の邪魔にならないように動いた。

横浜には休日の進捗も報告することにしていた。

大阪万博の期間中で、日曜日に横浜に断って万博を見に行った。とても暑い日で、非常に混んでいた。太陽の塔とアメリカ館が記憶に残る。どの館も混んでいて、入りたいパビリオンには入れなかった。

万博に行った以外は日曜日も現場に出た。横浜は客先への報告が必要だった。横浜に帰ってきたら、組織が変わり今までは機械設計部の中の環境装置設計課だったが、五月一日からは機械部環境装置設計課となった。

建築グループは機械部と蒸気プラント部の業務を担当した。

私が設計した煙突は蒸気プラント部所掌の工場用自家発の煙突だった。

間もなく環境装置設計が担当したプラントである横浜市旭清掃工場更新工事の炉体鉄骨の設計を担当することになった。

3．横浜旭ごみ焼却工場改修工事炉体鉄骨設計

私には初めての鉄骨設計で、異形ラーメンの複雑な鉄骨造は、建築物の定型ラーメンとは全く違うので、構造計画が難しかった。剛性が高く応力が集中して部材が必要以上に大きくなりバランスの悪い構造とならないように注意して構造計画した。コンピューター（当時は「電算機」と

言っていた）で、応力解析を行った。

コンピュータでの構造解析は楽しかった。想定した構造と違った、思いもよらない応力が生ずる部材が有ると変更して全体のバランスをとった。

当時のコンピュータは驚くほど大きく、本館四階のフロアのかなりの部分が塞がるほどに大きかった。入力は接点数が多い建物なので、入力データを専門家とキーパンチャーに依頼してパンチカードを作り入力した。

この旭工場の炉体鉄骨は予算が少なく、想定した断面で鉄骨を構成すると鉄骨重量がオーバーしてしまい、何度も計算したが目標に達しない。結局ワンサイズ小さいH形鋼を使って、応力の足りないところを補強して設計した。

この設計は後々の良い経験になった。一つは構造計画でバランスの良い構造とするために、何度も構造全体を見直したのでバランスの良い構造と言うモノが判ってきた。もう一つは経済設計のための工夫をしたので、冗長な設計に直ぐに目が行くようになった。

4．富士宮・富士写真フィルムの自家発プラント管理棟＆ＲＣ煙突設計

旭工場の炉体鉄骨の設計と並行して、富士宮の富士写真フィルムの自家発電所の煙突と管理棟

の設計をした。

自分で計算し断面を決め、構造図と意匠図を描いた。自分で設計した建物を検査に行くと大変効率が良く、配筋検査は建築グループの先輩・石綿さんと一緒に行ったが、配筋を覚えているので、かなり広い建物だったが一時間半くらいで終わった。終わって事務所に戻ると石綿さんが「もう終わったのか。俺が出てゆく時間が無いではないか」とぽかんとしていた。

それでは午後はゴルフをしようと言うことになり、昼休みに初めてゴルフクラブを握らされ、事務所の前で素振りをやらされた。

ゴルフ場に行く車の中で用意して貰った握り飯を食べて、「大富士ゴルフクラブ」に行った。山岳コースで運動靴を履いた私の女性のキャディがキャディバッグ二つ担いで走り回っていた。

メンバーは石井所長と石綿さんに私。

初めてのゴルフは思いのほか難しく、振ってもなかなか当たらなかったが、当たると遠くに飛ぶので気持ちが良かった。グリーンでは力加減が難しく行ったり来たりした。

結局、64、60で回った。キャディや周りの人にお前は上達するだろうと言われたが、結果としてはあまり上達しなかった。

5．横浜市南戸塚清掃工場の炉体鉄骨設計

旭清掃工場鉄骨設計後まもなく横浜市南戸塚清掃工場の炉体鉄骨設計を担当することになった。南戸塚清掃工場は六〇〇トン炉三基という世界一のごみ焼却工場で規模は旭工場（一五〇トン炉三基）とは比較にならなかった。炉幅が広く構造の概念が全く違った。

横浜市南戸塚清掃工場の鉄骨基礎はフーチング基礎ではなく、構造物の上に立つので、梁・柱の主筋の間に太いアンカーボルトを埋めるのが困難なので、炉体を受ける鉄筋コンクリート構造物の梁の部分の深さまで、鉄骨を埋め込んでアンカーボルトの代わりにした。

炉体を支持する鉄筋コンクリート構造物床の梁下でコンクリートを打ち止めることにして、アンカーボルトの代わりをするH形鋼を埋め込んだ。

炉体を支える階は梁下まで配筋が済むと三・五ｍ高さの梁の型枠の組み方が問題になった。

私は奥村組で型枠工事を経験していた。梁成H三・五ｍの梁のコンクリートの重さを下から型枠用のサポートでは支えきれないので、枠足場で梁の重量を支え、梁側型枠は梁側用の型枠足場を、壁と同じように足場を組むよう提案した。

6. ごみ投入扉振動の調整

稼働中のごみ投入扉の開閉時に扉を支える建物の鉄骨が振動するという問題が発生した。プラント取り纏め担当者が行くことになり、鉄骨のことだから建築屋の丸山も一緒に行くように飛鳥田課長から言われて同行した。

ごみを投入する大きな扉は鉄骨上屋に取り付けられており、扉を開閉すると鉄骨がガクガクと音を立てて振動した。

機械の担当が工夫していたが、一向に静かにならなかった。

私は見ていて扉を遅く動かせば静かになるような気がして、扉の開閉時間を確かめるように提案した。

客先の発注仕様書を見て、扉の開閉時間が二十五秒のところ、十秒で閉まっていたので、開閉時間を油圧装置の油の量を絞って調整して遅くするようにしたら問題は解決した。コロンブスの卵のような話だった。

7. ボイラー基礎の割れ

蒸気プラントの仕事で、自家発のボイラーの基礎のコンクリートが割れて、東洋化学と言うお客さんに説明する必要が出て、ボイラー設計の担当者や上位の偉いさんが説明に行っても、お客様は納得しないという。蒸気プラント営業担当の堀内さんが、基礎に発生したクラックを客先に説明してくれるように頼んで来たことが有った。

私はボイラーの基礎を設計した時、アンカーボルトがボイラーの重心位置と離れた位置に埋込んであることを不審に思ったことが有り、当該ボイラー基礎の図面を見たら、同様であったから、「ボイラーが加熱されるとボイラーは熱膨張で大きくなり、重心の位置は動かないから、アンカーボルトの穴がアンカーボルトを押すように力が加わり、コンクリートの基礎に張力が加わる。コンクリートは引っ張りに弱いから、基礎のコンクリートにひびが入ったもの」と説明した。客先は直ぐに理解してくれ、僅か十五分くらいの説明だった。

8. セジマートの設計

環境装置の仕事で、抄紙排水の処理をする装置が西ドイツのルルギ社と技術提携をしたということで、セジマートと呼ぶ直径三五ｍの円筒で底が円錐形水槽を設計することになった。設計に飛鳥田課長が私を任命したが、初めてのことで設計日程を聞かれたが、全く予想できなかった。

工事の工程は読めたが、当時私は設計の経験がなく言うなればアマチュアの設計屋だったから、なおさらだった。そんなことで環境装置設計課の大きな設計室の端に居た私を飛鳥田課長は「オーイ、丸山君」と呼び設計の進捗を聞かれた。何時も「大丈夫か？」と聞かれるので「ハイ」と応えていた。

工程がタイトで課長はご心配だったのであろうが、私は「ハイ」と答えたが、何がハイなのか判らない状態だった。

形状は周囲の水深は三・五ｍ、中心の水深が五・四ｍ、中央に直径五ｍ高さ六ｍの円筒が有り、中央の底から処理水を直径五ｍの円筒形の構造物の中に入れ処理水をオーバーフローさせる装置だった。

地震のない国の設計なので、地震国日本で建設するための設計をする必要が有った。底が斜めになっているので、構造計算が難しかった。

三歳年上の落合さんがし尿処理水槽の設計に詳しい人で、何かとご指導を頂いた。この水槽は有限要素法でも解析したが、私の手計算と良く合致した。

初号機は私が構造計算をして、図面も書いたが、続けて直径四五mのセジマートを受注した。この時は設計方法が出来上がっていたので土木構造物の設計事務所に外注した。私が作成した設計図書を貸して、設計してもらい、私はこれで仕事は済んだと思い込んでいたが、出来上がった設計図面は上手で美しい出来栄えであったが、良く見ると計算間違いが有り、図面の書き込みミスが多く、手直しを指示したが、指示した内容を間違えているという果てしない泥沼にはまったようになり、自分で手を入れて完成させた。設計を他人に頼む難しさを初めて知った。

9. 娯楽

セジマートの一号機を設計した頃は、設計担当と言うことで出張に行くことが多くなり、プラントの設計者仲間と仲良くなり、ゴルフやボーリングをやり、会社の帰りには一杯飲んで帰ることが出てきた。

ゴルフは配管設計の西條さん、楠さん、油圧装置設計の中村輝さん等とよくやった。

練習は子安農園の練習場ですることが多かった。子安農園は西條さんの自宅のある、横浜線・大口《おおぐち》の近くに有った。西條さんは子供の時に足を悪くした登山家でもあり、練習場では良く飛ばしていた。

楠さんは野球の選手で上達が早く飛距離も良く飛び、ゴルフを始めて一年経過した頃はハーフ37で回ったと言っていた。中村輝さんは会社のヨット部で握力が強くよく飛んだ。

炉の設計者の林さんは野球部で運動神経が良く、体は小さかったが飛距離が出てスコアも良かった。

会社からの帰りの一杯は職場の年の近い人達とよく飲んだ。集団で行くのではなく何時も二人で行った。

高島町の「一条」というガード下の店で飲み、剣菱のマス酒が十杯になると帰ったものだった。

横浜駅東口のスカイビルの地下に有った蕎麦屋はお婆さんが切り盛りしていて、此処でもよく飲んだ。

横浜駅西口の川べりに有った山賊焼きを出す店にもよく行った。

スキーでは楠さんの奥さんの実家のある石打に行ったのは懐かしい思い出だ。

スキーは小三の冬、福島で長さ一・八mのスキーを孟宗竹で作って滑ったことは先に書いたが、竹のスキーはエッジが無いので、すべて直滑降で滑り降り、止まりたいときに自分で転んで止まったので勝手が違った。乱暴に滑ったため借りたスキーの板が折れてしまった。

また、若い女性たちを含んだグループで車に乗り合わせ、数台の車で会社の保養所に行った。

夜はカードなどで遊び、昼は観光した。学生時代は柔道部で、奥村組では寮に入り工事現場で過ごしたので目新しい日々だった。

三菱重工に入社した時、勤労から独身寮に入るかという打診が有ったが、寮に入っていれば違った独身生活だったかも知れないと、今になって思う次第。

10. アラムコ

蒸気プラント部の仕事は小さいが沢山やった。

輸出で現地工事のないアラムコの煙突は鋼製でFOBで輸出する仕事が有った。設計図も一緒に提出するので、建築科の高校を卒業して、外国の設計事務所でアルバイトをしたことが有るという、長瀬さんと言う女子社員が途中入社してきた。結婚して船本さんに変わったが、私の設計のアシスタントの様な事をしてくれていた。アラムコの鋼製煙突の図面をキチンと描いて、型板で英文を入れた図面はきれいに描かれていて驚いた。型板で書いた文字は明確で、描き手によって差異が無く良い方法だと感心した。アンカーボルトの埋め込みはアンカーレッジと呼ぶ構造物を基礎に埋め込んで、アンカーボルトが働く所に穴を開け、アンカーレッジにカチッと引っかける構造になっていた。徹底したプレキャストぶりに驚いた。アラムコの仕事は、鋼材の錆び取りから、塗装まで仕様が厳しく大変参考になった。この工事では蒸気プラント部工務係の小坂さんにＦＯＢの輸出について色々と教えてもらった。

11．神戸市ごみ焼却炉建築設計

神戸市のごみ焼却場の建築の設計を請負った。プラントと建築設計は三菱重工、建物の工事は入札で建設会社、建築設計は私の担当、プラントの担当は北見さん。

神戸市の主任は間島係長で、二人の担当者が部下に居た。

私は初めて発注仕様書も作った。仕様書の内容は官庁の公共工事標準仕様書をベースに工事に適合するように纏めた。

間島係長、北見さんに教えられ設計者として成長したように思う。

夢中でやっているうちに設計図書が完成して、工事発注の段階になった。

12．引き合い業務

北見さんとのコンビで、自治体向けごみ焼却炉の引き合いに何度も出かけた。

北海道に行ったときは、北見さんが何度も時刻表を見るので、「北見さん、時刻表好きですね」と言ってしまったら、「これは君の仕事だ、君がやらないから、俺がやっている」という。私は「駅やバスの停車場に行って待ち、時間が来れば電車もバスも来るのでしょう」と言うと、笑って「地方は次の発車時刻を把握して、それまでに仕事を片付けないと、予定通りに帰れない」と言われた。

札幌市のごみ焼却場の引き合いに、初めて私一人で行った。札幌支社の営業担当者は森田さんと言う、年配の人だった。朝に会うと「ちょっと来い」と言われ、付いて行くと、名刺入れを買わされ、名刺交換の礼儀を教えて貰った。「名刺を定期入れに入れて、先方の名刺も定期入れで一緒に尻のポケットに入れるとは、失礼だ」と叱られ「名刺入れを胸のポケットに入れ、貰った名刺は恭しくいただき、大事に扱え」と教えられた。その後はこれが習性になった。

13．三菱地所に監理業務委託

石川県金沢の三菱アセテート工場にある自家発プラントの建築設計・監理を担当した。プラントの担当は片岡さんで、三歳下の気のいい男だった。

客先から、監理だから現場に常駐するように求められた。

私は工事番号にすれば二十件以上の工事を担当しており、とても常駐どころではない。三菱地所の設計監理で工場の建設をしていたことを思い出し、三菱地所現場に常駐していた設計監理の人に、我々の工事も一緒に監理してもらいたいと依頼。地所は三菱グループの主要会社なので紆余曲折はあったが引き受けてもらった。

14. 市原市ごみ焼却場

初めてごみ焼却炉建設を担当した。大成建設とパートナーになって受注した案件で、受注時に銀座の宿屋の様な建物に関係者が集まって宴会をした。

最初の頃から大成建設は営業抜きで、現地所長がすべて交渉していた。契約金額を決める時も所長が出てきて、担当者が私と言うと若造とのことで相手にされなかった。契約は大成建設の見積を私が査定した。所長は盛んに営業を出せと言っていたが、三菱重工では受注した案件の発注は営業が関与することは出来ないので、資材部立ち合いで私がもっぱら交渉にあたった。

資材置き場の事務所の一角に所長の寝室を兼ねた個室が有り、訪問した時に顔を出してから直ぐに所長は個室の戸を閉めて閉じこもった。奥村組での藤本さんを思い出すシーンだった。

工事が始まり現場に行ったら、千葉大を出た私と同期の担当者が居た。大成建設に行った同級生や高校の友人の話が出た。

昭和四十八年になるとオイルショックの影響が出て来た。現場の工事が遅れ、コンクリート杭が無いというので三菱商事に聞いたら有るので紹介した。

所長は市原地区の工事をもっぱら担当し、事務所の周りに資材を積み重ねてあった。東大を出た社員だと言うがあたかも土建屋の社長のようであった。

この工事途中で本社に転勤となり、工事を完成させることが出来なかった。

世界最大のごみ焼却炉、南戸塚の炉体鉄構の設計は終わっていた。

15. 本社へ転勤

三菱重工横浜・環境装置での仕事は、建築屋はあたかも一ランク下に見られるような雰囲気で、全く面白くなかった。新しい従業員制度が始まったばかりということで、私は社員としては三年のハンデを背負っての出発だった。また、途中入社の者は「業歴者」と呼ばれ、更にハンデを背負っていた。これらサラリーマンとしてのハンデはあまり気にならなかったが、人間として一ランク下に見られる処遇は耐えられなかった。バカバカしいので辞表を出した。そうしたら飛鳥田課長は「もう暫く待て、三菱重工の奥の院を覗いてから辞めてもよいではないか」と言われ、本社社長室開発部を紹介してくれた。

この開発部は技術開発ではなく事業開発をする部門で、社長室企画部から分かれた部ということだった。

私は都市開発などに興味を持っていたので、三菱グループで都市開発をするかもしれないと言う期待もあり、社長室開発部の今田次長にお会いした。

今田次長は開発部の仕事を丁寧に説明され、今後の夢なども聞かせていただいた。

入社当時は労働力不足で伯父が炭鉱労働者を労働力不足の建設業に紹介して、テレビに取り上げられ時の人となったり、奥村組の下請けには後継者がいないので私に事業を任せたいという社長がいたり、独立の夢が有った。

ところが、今は辞めてもオイルショックが原因で、世の中が不景気で伯父の伝手で炭鉱労働者を労働源とする起業の見込みも薄くなっていた。

今田次長のお話は三菱重工および三菱グループ、新しく出来た三菱開発など当時としては夢多いお話が出た。

飛鳥田課長は人柄が信頼できる人で、この人が勧めるのであればと言う気もあった。

実はセジマートを設計していた頃、ご親戚のお嬢さんとの縁談を持ってきてくれたことがあったが、私は上司の紹介の縁談は潔しとしないので、写真と釣書を見ないでお返しした。

他の誰かに当てはめるかと思っていたが、その様子もなく奥村組の副社長とは違うようだと思っており、「俺を見込んでくれたのか」と飛鳥田課長を信頼していた。

そんなことで、暫く三菱重工の奥の院の様子を見てから考えてもよいような気がして、社長室開発部に行くことにした。

本社への転勤は昭和四十八年八月十五日付だった。

第六章　事業開発

昭和四十八年八月十五日〜昭和五十六年十二月末日

本社の社長室開発部に転勤した。

この部は社長室企画部から分かれて、今田龍實《たつみ》次長が創設に深く関わった部で企画部の事業開発業務を独立させた部と聞いている。私は住宅グループに所属することになり、住宅グループには小口主査（次長格）が筆頭で、女子二人を含む十一名が居た。

私の所属した住宅グループは国が主催する芦屋浜《あしやはま》集合住宅の設計・施工コンペに応募して、上位入賞を果たしたが、一位は新日鉄・竹中グループと、私の着任は結果が出た後だった。新日鉄・竹中グループが採用になり、実際に建設された。

部内には関西空港を鋼材で作った巨大な筏を浮かせる案の関西空港プロジェクト・グループ、物流グループ、新交通グループ等が有った。

男子五十数人の内、半分以上が東大出という高学歴の部門だった。

1. 都市産業

通産省OBの内田元亨氏が唱えた都市産業論が出てきていた。

私は住宅グループに所属して、住宅グループを担当する開発企画一課の渡辺課長の下で、通産省所管の大手ゼネコンや重機械メーカーが参加する都市産業委員会のワーキンググループ・メンバーとして働いた。

都市計画などについても勉強した。

2. 結婚

私は三十一歳になっており、身を固めるように周囲から勧められていた。本人は結婚する気がなかったが、昭和四十八年十月、母の知り合いのおばさんからのお話で、長野県上伊那郡南箕輪《みなみみのわ》村《むら》出身の現在の妻・清水玲子を紹介された。

玲子は大田区東雪谷《ひがしゆきがや》の姉の原家にお世話になっており、庭の一角に設けた六畳の離れに住んでいた。

九人兄弟姉妹で男子三人、女子六人で八番目、一番下は男子。

当時玲子は百科事典の編集をする契約エディトリアル・デザイナーとして働いていた。

昭和四十八年十一月に会い、翌年五月結婚した。

結婚披露宴では玲子のお色直しで不在中に私が大酒のみだと言う話題が何度も出て、「お酒は付き合える程度ではないの、話が違う」と言われ「どこまでも付き合える」と言う意味だと応えた。

私は酒を飲んでも、美味しく感ずることはなかったので、必要な時以外は大酒を飲まなかった。

実家近くの赤穂に嫁いだ玲子の姉のご主人は私より十歳上だが多趣味な方で話が合い、折に触れて酒を飲み交し親交を重ねていたが七十歳で没した。定年後に私が彫刻や絵をするようになり、存命ならもっと楽しい話が出来ただろうと思い出す。

3. 沖縄海洋博

昭和四十九年五月に結婚して、六月には海洋博ＣＶＳの話が出てきて、七月に沖縄に単身赴任した。

ＣＶＳとはコンピュータ・コントロールド・ヴィークル・システムと言い、通産省が東村山に実験線を作り日本の大企業を集め、都市内を無人運転で車両をタクシーのように動かす試みだった。

このＣＶＳを三菱重工がプライム・コントラクターとなって、沖縄海洋博に「海洋博ＣＶＳ」として試験線を設けると言う試みで、三菱重工、新日鉄、竹中工務店、富士通、住友電工が受注した。

「海洋博ＣＶＳ」では無人運転で、路線を8の字にして、平面交差をさせようと言う試みがあった。

私は建設の当初から派遣された。

最初は竹中工務店の事務所の一角に住まい、竹中工務店のＣＶＳ走行路担当と寝食を共にした。

竹中工務店の事務所は政府館を建設する事務所で竹中工務店、フジタ工業、三菱建設、国場組のＪＶで、この中にＣＶＳ建設のグループも入った。

ＣＶＳには走行路・駅舎と車両のメンテナンス用の建物があった。

最初の頃の工事は走行路とメンテナンスの建屋だけだったので、私は暇だった。

工事が進み住友電工、新日鉄、竹中工務店など業者間の工事調整が必要になってきて、現場の休憩所で私が議長になり、工程会議を開くようになった。

走行路のコンクリート打設、電気・通信線設置、塗装などの工程が絡み、工事の調整が必要だった。

私は現場の休憩所を事務所代わりに使って、竹中の事務所にはあまり帰らなくなった。

建設が進み、夕方現場を歩いていたら、竹中の若い社員が、基礎から出ているアンカーボルトをガスバーナーで切断しようとしていた。訳を聞くとアンカーボルトの頭が低く、鉄柱を立てると、アンカーボルトが短くなるので、アンカーボルトの上部を切断して溶接でつぎ足すつもりだと言う。

独立柱のアンカーボルトの強度が心配だから、アンカーボルトを変えないで基礎を一〇cm下げるように指示した。二五mスパンだから、アンカーボルトをそのまま使っても誤差範囲と判断した。

工事が進むにつれていろいろな問題が出て来た。

積算して工事実績の数量を出すことになったら、竹中の所長が積み上げた数量×単価の合計金額が予定の予算枠より少ない、プライムとして何とかしてくれと言う。

協会のプライスは数量×単価だから、私にはどうしようもないと答えた。それでも不満を言うので「誰も知らないのだから敷地内の石灰岩の掘削量を増やして総額を上げなさい、私は気が付かないことで提出します」と言うと、「竹中はそんなことはしない」と怒りだしたので、私もそれが出来ないなら文句を言わないでもらいたいと伝えた。
食堂は竹中JVが利用していた「山吹」を会社に紹介した。

近隣、地域の有力者等へも私が挨拶するようになり、毎月一度帰って本社と調整していたが、沖縄に戻る時は手土産に虎屋の羊羹を持って行くように会社の指示が出て、羊羹は重いので閉口した。

丁度忙しい盛りに、長男・一平が生まれた。何とか工夫して生まれた日に帰れたが、束の間の一平との顔合わせだった。

工事中、地元の型枠大工のグループと親しくなった。型枠大工の世話役は沖縄相撲の関脇だそうで、本土の若い人達と沖縄相撲を始めた。興味を持って見ていたが、全員が負けてメンバーに含まれない私が押し出された。十五分くらい取り組んだが決着がつかなかった。

宴会で最後に踊るカチャーシー踊りはクライマックスで全員が参加して大賑わいだった。

工事が終わるとCVSは運転に入り無人運転を目指した。

終盤になってもCVSの無人運転は連続して続かず何度も途中で止まり、開幕が危ぶまれたので専門外だで富士通のシステムエンジニアの長に様子を聞いた。妙に詳しく説明してくれたので、専門外だが話に合理性を欠く点を質問した。

如何したことかその後も度々来るので、外での立ち話ではなく現場の休憩所で話をした。その内には配下のシステムエンジニアも一緒に来るようになり、問題点について話し合うようになった。

私は、原理的に考えて合理性を欠く所を指摘したが、彼らは私に説明を繰り返すうちに改善していたようだった。ついにＣＶＳは一週間止まらずに動くようになったのは、開幕寸前だった。システムエンジニアの長が私に挨拶して「丸山方式で止まらなくなりました、ありがとうございました」と言うには吃驚した。

コンピューターについては何も知らない私と話して頭が整理され、私の質問と提案が良かったということだった。

この経験で、物事はキチンと合理的に考えれば他の分野でも合理性を欠く点は正すべきという認識が出来た。

システムは完成したが海洋博会期中にＣＶＳを運行してくれる企業が見つからなかった。

ＣＶＳに適用する法律が日本に無かったので、どのバス会社も鉄道会社も引き受けてくれなかった。

会社は自社で運行することに決めた。

CVSの運行は私が関係先との窓口業務と全体管理、開発部開発メンバーは車両の維持管理、開発部の高木さん、新入社員三人と事業所から来た訓練生を終了したばかりの若い人達が駅業務を行った。

駅務員の若い社員たちには不満が有り、担当になった開発部の社員たちは大変な苦労をした。私には東京本社から逐一電話が来て、夜の連絡は公衆電話や喫茶店・バーなどから行った。

会期中は協会の窓口以外に、本社のニーズで会社の大事な顧客を会場で案内することや、会社の偉い人を案内することなども有り、日常の業務とパビリオン間の交流などが有り、多忙だった。

当時、本土への連絡は公衆電話に十円玉を入れての会話なので、なるべく事務所からするようにしていたが、夜はそうはいかないので喫茶店やバーなどから電話をすることも度々だった。

CVSメンバーにはユニフォームが有ったが、私は何時もGパンと半袖ポロシャツに大きな庇の農業用麦藁帽を被って構内を歩いていた。

VIPを案内したので目ぼしいパビリオンの人たちと知り合いになっていた。

私は真っ黒に日に焼け容貌が沖縄出身の人に見えると言われ、何処に行っても親しまれた。

竹中に若いハンサムな人がいたが、沖縄の飲み屋の女性には私の方が男前といわれ、なんとも生涯で二度とない体験をした。

沖縄海洋博では学んだことが沢山あり、特に今田次長の「ルールは人が作ったもの」と言う自由な発想は大変参考になった。

海洋博ＣＶＳが終了したので、昭和五十年秋に東京本社に帰着した。

海洋博から帰ってきたら社長室開発部は技術本部に移動して技術本部開発部となっていた。部創設の本旨は失われ、開発の名に引っ張られて事業開発から技術開発部に目的が変わっているように私には見えた。

4．池袋拘置所後の交通システム

池袋の拘置所後開発地区に池袋駅からアプローチする交通システムを検討するということで東大・土木工学科の八十島義之助教授、環境開発の浅田孝先生、等が関係していた。我々は委員会のワーキンググループとして活動して、後に東大教授になった月尾嘉男さんが我々のリーダーだった。

5. 横浜シーサイドラインの計画

次は横浜のシーサイドラインの計画が出て、推進する地元企業、三菱重工、日立製作所、東急車両の三社が交通システム推進協議会として、横浜市を応援する形で集まって検討会を行った。開発部からは大木さんと私がメンバーになり参加した。私は駅舎と軌道を検討した。大木さんは運航のダイヤを組んでフィージビリティスタディ（実現可能性調査）をした。

私は走行路と駅舎を設計して、ゼネコンに見積もってもらい、大木さんは需要予測から採算計算をした。

この作業が現在のシーサイドラインの基である。

6. エネルギープロジェクト

次は開発企画二課長が立ち上げた、エネルギープロジェクトに入り、土木・建築の担当をしていた。

石炭のハンドリングについて幾つかのプロジェクトに加わり、最後は石炭サイロの開発を横浜製作所（私の古巣で造船所から船の建造が無くなった。略称・横製）化工機部と取り組んだ。

横製は大学の柔道部だった船坂先輩（船の船殻設計者・構造技術者）が窓口で一緒に取り組んだ。

石炭サイロの実験装置を予定の予算で作るために、横製に詰めっきりでコンピューターを扱える横製の若い田中君と検討した。

如何しても予定鋼重に入らないので、長い試行錯誤の結果、膜構造と骨構造を組み合わせて、独立した構造物を杭を使わず地面に置けるようにした。

実証実験の構造体は船坂さんの構造の仲間で、長崎研究所の構造の専門家が来て、高評価を貰った。

私としても存分に創意工夫を凝らした自信作なので、この評価に満足した。

開発するに当たって、横製化工機部は何度も検討会を開いていた。私も参加して意見を述べた。私は本社開発部の考え方も忌憚なく話して、会社としてどうすべきかを、正直に話した。

横製の参加者の中に木下主管（部長格）が居て、何時も黙って会議の成り行きを見ていた。大きな体で目玉のぎょろりとした偉そうに見える人だが、何時も聞くだけで一言もしゃべらなかった。私は木下主管の存在を忘れて熱弁をふるっていた。

完成した実験装置で行った実験は良い結果が出て、実機受注を目指すことになった。実機は後年私が横製環境装置技術部に在籍中、山口県で受注した。

7. 転勤&自宅建設

私は開発部の初期の事業開発という目的が失われている上に、実業が無くマッチポンプのように自分たちで起こして、消える空しい仕事を転がしている事態に身を置くことが無意味に思われ、仕事で実業をしたいと思い悶々としていた。

課長の、開発部という間接部門の中で現状の組織を維持するため虚業でも人員を維持するという考え方は理解出来ず手前勝手な人物と思い、歴史上の人物を研究してみようと、司馬遷の『史記・列伝』を読んだ。列伝を読んで歴史上幾らも居る人物だと理解し、わが身の不運を思ったが気持ちの焦りは落ち着いた。

此の『史記・列伝』を読んだことは、後々参考になった。

参考になったという点では、馬込の社宅に居て仕事が暇だったので、会社の勧める通信教育の中で「民法」を受講したことはサラリーマン生活で非常に役立った。民法は非常に判りやすく、「道徳」が有り、その枠中に「規範」が有り、規範の枠の中に「法律」が有る。我々の生活は道徳のなかでは円滑であり、規範の中では少し不自然なことが出るが、法律の枠を破れば社会生活のルールが破れ、司法の関与が必要になるという。これは良く整理された考え方で、私の指標になった。

開発部は多くの教訓を積むことが出来、人生を生きる上では大切な時間となった。


横製化工機部への応援を終え、開発部に戻ったら、木下主管が部長になった化工機部から転勤の誘いが来たが、課長に一蹴された。環境装置部の飛鳥田部長が私の交代要員を出すという条件で転勤を申し出られて、横製環境装置部の建築設計課への転勤計画が進められた。


自宅建設は玲子が家の設計に興味を持って、昭和五十年に土地を購入した後私の本や適当と思う雑誌を参考に、子育て中にプランを練った。玲子はグラフィック・デザイナーだが、自宅設計に強い興味を持っていた。

両親は我々が住宅を持つことに反対で、大田区の両親の家に同居することを望んだが、両親の家で子供を育てるには環境が悪いので、横浜の郊外の現在の家の土地を求め建築した。両親は建築反対だけではなく、蓄えもないため支援がないまま建築した。同居してのち最後の門・フェンスの工事費が底をつき、両親に手伝ってもらった。

子供は昭和五十年十月長男一平が、五十二年十二月長女尚子が、五十六年三月次女史子が生まれた。

五十五年の末頃は玲子なりにこれだと言う案がまとまり、試行錯誤が収斂してきたようだった。五十六年に入り内容が具体化してきたので、充てられる金額の目途をつけ、設計図に取り掛かり、玲子の案をベースにアレンジして設計案を纏めた。

積算してコストを積み上げ自分の予算枠に収まるように建物を工夫した。設計は詳細図まで描いた。

建物の構造の外見は在来工法だが、材料を減らすため従来とは違う構造にした。自分の家なのでいろいろ工夫した。

この当時の建設物価は私が横浜から転勤した二年後のオイルショックが収まった昭和五十年ころとあまり変わっていなかった。建設物価が動いていなかったことに驚いた。

工事は母方の従姉の連れ合いの渡辺工務店に頼んだ。

昭和五十六年五月に確認申請が通り、六月に着工して毎週日曜日に現場に行き、目につく個所の納まりや注意事項をメモして貼り付けておいた。

階段は下小屋に行って用意した良い松材に大工が墨を出していたが、段板の踏み面を最大限幅広く使うために新たに墨を出して勾配を緩くした。などなど思う存分自分の家を工夫して作った。

昭和五十六年十二月には住宅が完成して引っ越し、東京大田区に住む両親と同居した。住んで間もなく横浜への転勤内示が出た。

周りでは、家を作ると転勤となるケースが多いが、お前も転勤だが近くへの転勤とは珍しいと言われた。

第七章　技術管理

昭和五十七年一月一日付で本社から横浜製作所に赴任した。所属は環境装置部・建築設計課主任（係長格）だった。

課長は電気技術者の高橋さんだった。

受注して間もない埼玉中部のごみ焼却の担当になった。

当時建築設計課は課長と女子社員（庶務）を入れた十七人だった。

横浜に戻り先に在籍していた頃の環境装置の建築グループとは様子ががらりと違っていた。

前は環境装置設計課計画係の建築グループだったが、私が本社にいる間に建築は建築係を経て、建築設計課に成長して、フルターンキー（鍵を回しさえすればすべての設備が運転可能になるまで、一切の工事を実施する）のプラントで、建築設計課は金額では一番大きな部分を担う課となり、周りからの扱いも変わった。

三菱重工の奥の院を覗き、その奥の院の組織が変わり、社会情勢が変わり、私は結婚して子供が出来、両親と一緒に住むようになり、開発部の虚業から実業をするため横浜に戻り、私の知らなかったプラント・エンジニアリングの世界は魅惑的に見えた。

1．埼玉中部ごみ焼却プラント担当

埼玉中部広域組合向けごみ焼却炉を担当することになり、横浜復帰後の最初の担当だった。前に横浜に居た時は市原市のごみ焼却場の担当をしたが、全く勝手の違う仕事だった。仕事は担当者と一緒に定期的に現場に行って、会議に出席すると言うことだった。石川主任と相談して出かけるようにと言われた。

この施設は地元の反対を解決せずに受注していた。しかも信じ難いことに反対運動は請負業者が対処すると言う契約だった。

私の着任前の土建工事開始時には反対住民の工事妨害が激しく、対策にゼネコンの下請け鳶・土工の会社を巻き込んでいた。

工事を担当して初めて現場の打ち合わせに行ったら、重機の下に住民が入り込み、他にも現場には工事を止めようとする近隣住民が入り込んで困った。

発注者の責任者である事務局長に相談したら、問題が有れば業者が解決するという条件で発注した、業者の責任で解決しろという。

工事が進むと仮囲いの有刺鉄線に布団を被せて乗り越え現場に入るなど、工事が出来ないので建設会社から鳶職と土工を集め人間バリケードで地元住民の侵入を防ぐことにしているという。

社内で今後の方針会議が有り、責任者の次長判断で従来通り鳶職、土工をバリケードとして住民の侵入を防ぐことになった。人と人との接触は住民の扇動に感情的となり反撃する可能性が高く、時間が長引けば人件費が嵩み、費用は底なしとなり、掛かった費用の証明が難しいなどリスクが大き過ぎるので方針を決めた日の夜に、次長の自宅に伺い、人海戦術は止めて防護壁となる仮設防護塀を高くする対応方針に変更してもらった。

仮設防護壁は何度も住民に乗り越えられ、その度に高くし枠足場に万能塀（建設現場を囲っている鉄板）を取り付けた防護壁は五ｍまで高くした。裁判結果が出る前に無事工事を完成させた。

2. 建築設計課長に昇進

埼玉中部の工事が終了して間もなく、昭和五十九年五月一日付で建築設計課長に昇進した。

私と卒業年次の同じ人たちの第一陣は前年度・昭和五十八年五月に課長になっていたが、私は途中入社時のハンデと本社開発部での滞留で、四年遅れたので主任の必要勤務年限に足りなく一年後の昇格だった。

化工機部の主管だった木下さんが部長になり、何かにつけて目に掛けてくれ、「俺のところに呼んだが、お前は蹴とばした」などと冗談を言っていた。

埼玉中部の工事完成後に昇進して、コストの責任者となり下請けであるゼネコンに払う金が無いため客先に請求した。

客先は掛かった費用を払わないという。建設会社からの請求に対し、原資が無く工事発注の要求元として何とかリーズナブルな支払いをしたいと思った。

営業に任せないで発注要求元責任者の私から客先の責任者に支払いを願い出た。

客先は予算がないから払えない、の一点張りだったが、何度か会って先方の立場を理解した。

プロジェクト完成までの関係者の努力を説明し、予算が無いで済まされる内容ではないことを理解してもらった。

客先責任者である事務局長が払えるようになるにはどうすれば良いかを考え、営業から客先組織と予算の使い方状況を聞いて、「自分が事務局長ならどうするか」を考えた。事務局長（以後局長と言う）ならリーズナブルな理由で予算を申請して、予算を作ることが大事であると思い、局長が本当に予算を作って払おうと言う気になったところで、局長が内部で提案する予算作成案の資料を作って局長に渡した。

長い期間待って客先局長から支払えると言って呼び出しが有り、出かけると三菱へは局長の値切り分を多くして支払うと言う。建設会社にはそのまま支払いをしたが、十分とは言えない額で心苦しかった。

本件は住民対策として、人海戦術ではなく仮設設備で対応したことは、地元住民との不要な摩擦が起こらなかっただけでなく、物量の判る仮設で対応したことは客先に費用を請求するうえでも良かったと思う。


課長になるといろいろ慣れない問題が多く、本人に自覚はなかったが疲れたのか帯状疱疹になった。

本社の部長に転出されていた飛鳥田部長が横浜に来られて「丸山君でも課長の責任の重みで、病気になるか。ははは」と言われた。

建築設計課には私より年長の主任が二人いて私が入社した時以来の先輩で、会社のことについて教えてくれた人たちだった。二人とも仕事に自信と自負を持たれていた。

一人は几帳面な方で何かと諭してくれた。

しかし、ある時「貴方、恥ずかしくはないですか」と内容は割愛するが強い調子で言われたことが有り、私としては自分の意志で決めたことだった。

私は、「私はこの課の責任者です。私のやり方が気に入らないなら、部長に言って私の首を挿げ替えてください」と言ったことが有った。

以後は平穏に過ぎた。


当時、建築設計課の所掌は環境装置だけではなく、蒸気プラント部の土建工事も担当した。

蒸気プラント部は輸出工事が多く、小型ながらフルターンキーの工事が有ったので、学卒の若手を蒸気プラント部の輸出工事に充てて、本人の研鑽と工事消化と業務の効率化を図っていた。

部長室から丸山は他部の仕事に学卒を充てている、自分の部を如何考えているのかと言われ、蒸気プラント部からは環境装置の仕事に厚く対応して、蒸気プラントには人手を省いていると言われ、私は部の別なくその時にベストと思う判断で進めていたので残念だった。

課のメンバーには仕事だけでなく、私生活についても気を配った。私より年長の課員が顔色悪く仕事に身が入らなくなった者が居た。様子を聞くと奥さんが無断で大金を借金していることが判ったと言う。借金の理由は二人の子供の教育費他だった。私は会社の勤労課長に相談したら、個人の借金を返すために会社が金を貸すことは出来ない、本人は持ち家が有るのだから家を売って返すほかに道はないという。仕方なく労働組合の組合長に相談したら、金は貸すが組合長と職制の私とが立ち会って先方に返済を確認すること、返済計画を立てて本人に返済を約束させることという条件が付いた。

私は友人の弁護士と相談すると、借金の内容を吟味して法定利息を超える部分を引き去り、出て来た効果の中から取り決めた額を弁護士費用として払うことで、本人が了承したので処理を弁護士に依頼した。

返済金は半分以下になり、弁護士費用と少なくなった借金を組合から借りて処理した。本人は定年まで勤めて、借金も返すことが出来た。

3. 世界最大のプラント受注

予《かね》てより引き合い中だったシンガポールの世界最大のチュアスごみ焼却プラントNo.1を受注した。基礎は地元の建設業者だが、受注範囲に焼却炉部分の上屋が入っており、建築屋が必要だった。コストの裏付に発注先となる地元業者への引き合いを英語の理解が不十分な主任に頼んだので、想定される英語での引き合いの応答問答集を作り練習し、引き合いに出した。

間もなく受注しシンガポールの担当者を決める必要に迫られた。

学卒社員は蒸気プラント部の仕事をしており、環境装置の仕事に急に振り替えるわけにはゆかず、まだ三十歳に満たない優秀と言われていた若い高卒社員を担当に抜擢した。

当時の部長はそんな若い高卒がシンガポールの担当かと不満を漏らされ、次長がクレームしてきた。

私は部長のご自宅に行き、責任を持つので私の課は私に任せてくださいとお願いし了解を得た。

しかし、担当者はまず仕様書を読まなければならないが英語が読めない、私も英語を得意という訳ではないから、私が前夜に英語の仕様書の該当する個所を予習して、朝一番に担当者に教え、三ヵ月ほど続いた。

現地から建築担当が現場に入るようにと言う要求が来て、心配ながら担当者を現地に派遣した。ところが、三ヵ月も過ぎると現地商社の社員から「彼が現地の業者を叱って、業者の技術者は涙を流していた」と伝わってきた。この時は本当に安心したものだった。

以後、順調に成長し、なにも心配することはなくなった。

4．英語教室

輸出工事は蒸気プラント部ばかりでなく、環境装置もフルターンキー受注の可能性が高くなったので、全員に英語の仕事を頼む可能性が出てきた。

そこで課内でオール定時日に本人の自由意思で出席できるノーペイの英語教室を開いて勉強をすることにした。講師を学卒の輸出工事経験のある優秀な社員にノーペイで頼み、勉強会を始めた。

当時の建築設計課は皆が仕事に積極的だった。

如何なるものかと心細いようで心配だったが、後年輸出工事を続けて受注すると、この時に受講していた者たちが現地に行って立派に勤め上げているので、英語教室がなにがしかの役には立ったであろうと自負している。

5. 行橋《ゆくはし》事件

昭和五十九年四月、福岡県行橋市の工事に大問題が発生した。

建築設計課長になって間もなく、この事件が発生した。

躯体工事の水張り試験中、市長が朝の散歩の途中に現場に入り水張試験中のし尿処理水槽にコンクリートのジャンカ（鋳物の「ス」のようなもの）を発見して、水漏れを見咎めた。

現地に九州支社長以下関係者が集まった。客先に行く前に、発言者は建築設計課長の私、説明する内容はコンクリートとは鋳物のようなもので、水漏れ原因のジャンカは好ましく無いが希ではなく、補修で対応していると言う趣旨で、常識的な内容を確認して客先に臨んだ。

市長は車引きからタクシー会社の社長になった叩き上げの人で、説明に入ろうとした時に協力会社ゼネコンの支店長が遅れて来て、前の打ち合わせを知らず「申し訳ありません、全く私どもT建設が悪う御座いました」と言って平身低頭、市長は「お前が悪いのだな」と念を押し、支店長は「ハイそうです！」と答えた。三菱の建築の責任者である私は建設会社が認めたことで、三菱としては何も説明することがなくなった。

この後、客先は地元私立大学のコンクリートの知識に疎い土木工学科の先生を相談役に選任したが、この先生は三菱が悪いと思い込み厳しい姿勢で臨んできた。

建設会社から説明資料を提出願ったが、内容が専門的で散漫なので毎回、私が素人にも判るように解説した文章をタイプで清書し客先説明に行った。月に一回〜三回、建設会社の技術担当役員、九州支社の課長、他関係者揃って説明に行った。

何度行っても補修・改善案の承認が貰えず、客先は水槽を造り直せ、お前は課長だ、もっと偉い人を出せと言い出し、最初は頑張れと励ましてくれた社内の方々も批判的になり、客先に従え等と言う人まで出てきた。

私は会社の偉い人が出て、不本意な形で解決することを恐れ、上司に出て行くようには頼まなかった。解決せず十一ヵ月が過ぎた。

品質が心配なので止むを得ず九州大学の土木工学科、松下先生に相談した。

松下先生はタイプで清書した私が作った説明書をご覧になり、「この資料はよく出来ている、客先が選任した私大の先生は自分の後輩だ、全く申し訳ない。三菱さんが望むなら学会から追放する」とのお話を頂き、当社の申し上げていることを認めて頂ければ結構ですと答え、「それは有難い」ということで、一週間後には完全に解決した。

この事件発生に遅れること一ヵ月、刈谷のごみ焼却場建設工事でもジャンカ問題が発生、これは客先の技術責任者の適切な判断で速やかに解決した。

6. 建築設計の改善

建築設計課長になって驚いたことは、設計が冗長であることだった。

三菱重工の環境装置部門はゼネコンに設計施工で発注しており、ゼネコンは当然コストに厳しいはずだが、ゼネコンのコスト意識は構造設計まで行き届いていなかった。

ゼネコン設計の構造計算をチェックして、構造計画を見直した。バランスの悪い構造はバランスを直し、応力に対する余剰分は減らし、不足分は増やした。

最初に埼玉中部のごみ焼却プラントでチェックし、以後は傾向が似ているのでその点を把握して担当主任にフォローさせた。

し尿処理プラントは担当主任が構造に詳しく、無駄のないバランスの取れた設計をしていたが、課全体に水平展開していなかったので、全体に広がるようにした。

蒸気プラント部のインドネシア向け工事では予算が厳しかったが、K組が強力に受注活動をした。

K組の設計では物量が多いのでとても折り合いがつかなかった。

先方は辞退したいと言うが、此方で設計し直し物量を減らした内容で担当部長と膝詰め交渉をして予算枠に入れた。

岩槻のごみ焼却プラントは、営業活動で協力したということで、K組が初めから乗り込んできて、コストを詰めた。当然自分が受注するという営業部長の姿勢だったが、いざ発注となるとコストが厳しく営業では詰められなくなり技術側に移った。

技術は設計が絡まないで現場の所長が担当となった。K組は地味な会社だが、コツコツとコストを詰めて、真剣に誠心誠意取り組んだ。先のインドネシア向けのプロジェクトでK組と一緒に苦労した時に感じたことがこの時も同様であった。

所長は一見、金のネックレスを付けて態度もふてぶてしく、最初は心配だったが、結局は此方の担当主任と彼の工夫でコストを押し込み、工事が完了して最後に現場に行ったときは、ニコニコして、「如何なることかと思ったが、主任さんの御協力で何とか納まって、少し出たよ」と言ってくれたことは嬉しく、忘れられない。いい男だった！

コストが厳しく、発注できるかと思われた案件が、二人の努力で少しながら利益も出たという。

K組は付き合っても良い会社だと思った。地味で堅実な社風は好感が持てた。このことが有ってから数年後に同社は外国のプロジェクトが原因で経営不振になったと聞いて残念に思った。

ゼネコンとは建築設計課長任期中に沢山の会社と交流が有った。

私はゼネコンの現場経験が有るので、現場の取引価格を知っておりゼネコンには厳しいものになった。

7. 見積

建築設計課の入札時の見積コストの積み上げには、私が横浜に戻る前から石川主任が先頭となって過去の実績データを集積し続けた結果から軀体を見積もった。

見積は年々新データを積み上げ精度が増した。

物量を建物の空間体積からまとめたデータで、殆んど狂わなかった。

このデータベースが有るので短時間で精度の高い見積もりができたことは、我々の強みとなった。

ゼネコンでは床面積辺りの数量で概算を出す手法を使っていたが、プラントは空間の構成がまちまちなので空間の体積としたことで精度が上がった。

8．家庭生活

この間に、妻が大病で二回入院する、子供が就学するなど多忙であった。

子供は先述のとおり長男一平、長女尚子、次女史子の三人が居る。

長男が小三になったころ、課の主任たちの子供たちは中学生になっている者が複数いて、神奈川方式は特異なので、私立中学に進めた方が良いとアドバイスを貰った。

毎日帰宅は夜十一時頃だったが、塾に入れるにはタイミングが悪く、またどの塾が良いのかも判らなかったので、本屋から問題集を買ってきて、宿題を出して帰宅後夕飯を済ましてから、毎日チェックしてコメントを書き土曜は休日出勤したが、日曜日は休むことにして対面で教えた。

教えているうちに、自分で考える力を身に付けるによい方法と思い下の子達も同様に教えた。

教え方は「原理的に考える」と称してなるべく定理を暗記せずに、例えば算数の○○算はその成り立ち方から、歴史は因果関係の事実と同時代の横のつながりを中心にして考えるようにさせた。

教える参考書に行き詰まった頃、家内の知人に聞いた四谷大塚のテキストを使って、家で予習して毎週試験を受けさせた。

長男は自分で希望して私立中学を受験したいと言い出して麻布中学に入学した。

妹の長女はお兄ちゃんのように勉強するのは嫌だと言うので公立中学に入れた。

末の次女は長女が勉強したくても休み時間に先生に質問すると教えてもらえないことが有り、公立は好ましくないと判断して私立中学を目指して途中から塾に入れたが、家の勉強は引き続いて見ていた。

子供の教育は体を動かして運動することに重点を置いて極力運動をさせた。私が泳げなかったので水泳をさせた。長男は小六になってから、本人の希望で水泳教室の選手コースに入って夏休みが終わるまで続けた。

長女も次女も水泳教室に入れ、お蔭様で子供三人皆泳げるようになった。

私が音痴のせいもあり、三人ともピアノ教室に通わせた。

勉強を見ているので子供たちの様子が良く判った。

長男は水泳が小五まで校内で一番だったが、小五の途中で外国からの転校生に負けて、小六になって通っていた水泳教室の選手コースに入った。自分で私立中学を希望していたので如何するつもりかと聞いたら、受験もするが選手コースにも行くと言う。小六の夏休みの終わりに、二人の水泳対決が有り長男が勝った。その時、相手の子から「水泳は負けたが、勉強は負けない」と挑戦された。受験が終わり彼は長男のところに来て、「勉強も負けた」と言ったという。清々しい男のロマンを感じたものだった。その後のその転校生の去就を聞くが判らずじまいで残念だ。

長女は思慮深いが奥手で消極的だった。入学前に田舎へ行く途中、車の中で物語を話して聞かせ、三人の子供に話を纏めさせて感想を述べさせたことが有った。三人が夫々に自分なりに話したが、長女が一番話の要点を的確に纏めていた。

小学校低学年の時、妻が担任のベテランの女の先生と長女のことで面談した時、「言うことを聞かない（婉曲に知恵遅れだ）」と非難され、通信簿にも非難の内容が書かれていた。

我々は親として通信簿に「現在は遅れているかも知れませんが、長い目で成長を見守ってもらいたい」と希望を書いた。

次女はピアノも水泳も上の子たちと同様にやり、駆け足は上の二人とは違い並み以上に早く三人の中で最も運動能力が高いように見えた。

予定通りに六年制の共立女子中学に入学した。中学ではバスケット部に入ったが、途中で辞めて演劇部に変わった。高校では演劇部で部長になり、脚本を自分で私のワープロを使って書いて活躍した。

ある時は宮沢賢治の『銀河鉄道の夜』と言う演劇をするので見に来いと言うので、妻と行った。普段の本人とは全く違う元気はつらつとしていて主演を演じているのに驚いた。

多忙な日々だったこの頃、妻が甲状腺炎と子宮がんで二回入院、又がん検診で神奈川県のがんセンターから会社に呼び出し電話を受けて、検査の結果がんが有ると言われ、会社から二俣川《ふたまたがわ》のがんセンターに行った。幸い無事に済んだ。

玲子の入院中に義姉がチャーハンを持ってきてくれ、夜に食べ、翌朝また朝早い長男と私が食べたが、微かに妙な味がしたので、下の子達には食べさせなかった。私は異常なかったが、長男は行きの電車で何度も戻し大変だったという。私は戦後の食生活で免疫が出来たのかと思ったものである。

本社に行く前は会社では建築などと言う組織の重要性が軽かった部門だったが、本社から帰ったら変貌しエンジニアリングでは建築は重要な役割を占めるようになっていた。この変貌期に新設された建築設計課は新しい仕事が多く出てきて、一つ一つが新しく面白くは有ったが、とにかく多忙だった。

取り扱う金額はプラント全体の二〇パーセントを超えることも有り、関係する当課の技術者は十五人、部の技術の総勢は三百五十人ほどであったから、各人の負担が大きく、どうしても仕事の密度が薄くなりがちだったので勤務時間が長くなった。

妹が忙しい私について妻に当時「お兄ちゃんは仕事が好きなのよ」と言ったそうだが、自覚はなかったが仕事が面白いから出来たのだろう。忙しい中で子供達と接する時間を多く持ったことは楽しい思い出深い時間となった。

9. 後継者

建築設計課には学卒の課長候補が居なく、当時の会社は古くからの慣習では、設計課長は学卒と思い込まれていて、社内の適齢で実力のある建築技術者を探し、新宿にあるＭＣＥＣ（三菱・ケミカル・エンジニアリング・センター）のＭ主任に来て貰った。

建築設計課の仕事は略定着してきた感があり、課長となったＭ主任と他の主任たちで協力して取り組めば出来そうに思えたので、Ｍ主任とは一年ほどラップして、私は建設課長に転出した。

建築設計課は多忙だったが、一つ一つの仕事に愛着が有った。

現場の経験のない担当者は、図面で書いた大きさを実感できない者がいて、図面から実物のサイズを理解出来、空間の大きさの把握ができるように指導した。

建築設計課は設計図面が完成したら纏まって出て来る。各担当は多忙な中それをチェックするのが大変だった。

私も一応一通り目を通した。どうしたことか、誤りを見つけることが多かった。百枚を超える図面の中から誤りを指摘することは容易ではないが、如何したことか緊張して一枚一枚原図を捲ってサインして行くと、偶然のように誤りが目についた。これは自分でも不思議だった。

10. 新体制

建築設計課長4年目に入った頃、長崎造船所（長船）から金沢工場の副所長と原動機技術部長が転勤してきて、我々本牧工場の環境装置部門は金沢工場の副所長の下に付くことになった。

建築設計課は原動機部門と環境装置の土建工事を担当していた。原動機は輸出工事が多かったのでフルターンキー工事では大学卒を優先して充てていた。環境装置の上司からは原動機の仕事に学卒を充てて、環境装置を軽んじていると言う不満が漏れて来ていた。

建築技術者が不足と言うことが最大の原因だが、新しい原動機の副所長は、「原動機が受注した、建築設計課が担当する建築工事は、仕切りにする（請負にするという意）」と言って来た。

この時、所長は化工機部長だった木下さんだった。環境装置技術部部長は天野さん。天野部長と私は木下所長に建築の技術者が少ないこと、そのため輸出工事の多い原動機は学卒が優先して担当し、決して軽んじては居ないこと、仕切りで受けるほどの人材も組織もないこと、今までは部門の枠を越えて原動機部門の社員として、原動機部門の社員たちと一緒に工事を消化してきたことなどを説明した。

木下所長から「判ったが、新しく来た人たちには書類で丁寧に天野と丸山が理解してもらうように説明しろ」と言われ、実績データを纏め木下所長と天野部長に説明し、金沢工場の原動機技術部に説明。

この結果建築設計課は仕切りで請けることは無くなった。

この当時の社長は長崎造船所出身の相川賢太郎氏だった。その後長らく三菱重工業に君臨した。京セラの創業者である稲盛和夫氏が亡くなられた時、テレビ番組を見て高潔な人格を知り、著書を購入して読み、テレビの幾つかの追悼番組を納得の行くまで視聴し感銘を受けた。拙い自分の経験でも組織を改革すると言うことは大変難しいことで、ＪＡＬの短期黒字化には信じがたいものが有ったが、判った様な気がした。

相川賢太郎氏は日経新聞紙上に社長就任時「会社の経営は身近な信用できる人を重用して行う」と明言して長船出身の人材を社内全般に重用した。横製原動機の副所長、技術部長を含み多くの社員が長崎から来ており、横製は長崎の最も強い影響を受けた。

相川さんは当然の企業活動と思われる「コストダウン」を社内だけでなく、世間に広く宣伝していた。本件はお客様から「お前のところの社長は〝コストダウン〟と言って手抜きを推奨しているが、自分のところは手抜きをしないでもらいたい」と営業が言われ困ったと言っていた。

相川さんが長船から派遣した横製の所長はお客さまを招いた時、「環境装置はやっと利益が出るようになった」と言ったので、これを聞いたお客様から「儲かっているそうだから、値引きしろ」と言われて営業は困った。

我々横製の先輩たちは、事業実績を残しても長船の身内に替えられた。

京セラの稲盛氏は「世のため、人のために」無私の哲学で会社を経営して、自分の会社・京セラを玉成し、畑違いのＫＤＤＩを国のニーズに応えて創業して成功、更に客観的には再生不能と思われたＪＡＬを短期間で奇跡の黒字化をしている。相川さんの身内重用経営と稲盛さんの「世のため、人のため」の経営哲学の違いを改めて認識した。

三菱重工は近頃ロケット開発が思うように進まないのは官の干渉が開発を阻害していると言う人もいるが、この時期の影響が負の資産となり足を引っ張って三菱重工の底力が低迷していたように思う。最近は新しく別の分野から技術の芽が表してきたように思い会社に期待している。

11　建設課長

建築設計課長を四年勤めたところで、昭和六十三年四月一日に建設課長に異動した。

その時の建設課は期末の追い込みのために各係の係長も現場に出て、管理係長と管理係社員二名に女子社員一名が残り、建設課には課員全員の机が並んでいた。

赴任の次の日には管理係長から残っている管理係の四人と花見をしましょうと誘われて、掃部《かもん》山《やま》に花見に行った。

花見の最初は寂しい感が有ったが、他の課の人が来て、段々賑やかになり、建設課は各課と関連が深いことが分かった。

建設課は機械と計装・電気の現地工事を所掌しており、各設計課や工務課とは交流が深い。仕事となると、全く内容が判らなかった。

建設課の仕事を本で勉強したのではとても仕事にならないので、回ってくる業務連絡を読んで、翌朝各課の担当に内容の説明を聞いた。三ヵ月か四ヵ月続けたら、判ったわけではないが、緊急性は書類から感じ取ることが出来るようになった気がした。

一方、建設課の陣容は段々と課のスタッフが戻ってきて整いだしていた。

建設課なので毎日神棚に安全を祈願した。その後朝礼で集まった課員に私の考えを浸透させるために、毎日必ず何事かを話した。

私は内容の有ることを話したいので、朝礼が終わると翌日の朝礼の話題を探すように心がけて、幅広い情報の中から選ぶように気を配った。

段々と現場から戻り、建設課の四係、具体的には管理係、第一係（ごみ焼却）、第二係（その他）、計装電気係が揃って来た。

従来建設課は下流側と言うことで、建設課の意見が通らなかったが、新しい木下所長の頃から、所全体が下流側の意見を尊重し、尚且《なおか》つ将来上位管理者になるためにはキャリアパスとして複数の職歴が必要と言うことになり、課長の私と係長が二名建設課に回されたのだった。

私は既にゼネコンを経験しており、本社・開発部の経験もあり、キャリアパスとしての経歴は有る筈だが、部長の方針で建設課に回った。

12. OA化

部内はOA化が急がれていた。

私は手始めとして、建設課はOA化に取り組むと宣言した。

当時、設計各課もOA化が遅れていた。一番遅れている建設課がOA化に取り組むと言うので、課内の抵抗は大きく、課内の飲み会などではあからさまに、「設計各課がまだなのに、何故建設課がOA化に取り組まなければならないのか」、「課長はパソコンを扱えるのか？」などと声高に言う者がおり、課の雰囲気は大勢が反対だった。

私は五月の連休にパソコンの練習をしようと、社内の子会社・菱友計算のパソコン講習会に申し込み、新しいウィンドウズのパソコンを私費で家に買い、会社には管理係長が申し出たパソコン設備を買った。

講習会は朝から夜までの二日間、場所は丸の内・本社近くで、お堀に近い事務所ビルだった。家のパソコンで何度も練習して、連休が明けて、会社に出て直ぐにパソコンに向かった。簡単な資料をパソコンで作って関係者に配布したりした。

パソコンの操作は瞬く間に忘れたが、現場から帰ってきた安井主任や遠藤社員は積極的にパソコンと取り組んでくれた。ほかにも管理係の山口社員等何人かはOA化に積極的だった。

OA化は化工機部の大学柔道部の先輩である船坂さんが次長でコンピューターの専門家なので相談して進めた。

化工機部では既に現場と横製事務所とをパソコンでつないで、データ通信をすることを行っていた。

新規工事の北九州（安井）の現場と常滑の現場（遠藤）に繋いで完成予想をすることを試みた

が、通信不具合が多かったこと、現場が忙しくなり知識不足などで現場担当者にパソコンを担当させると言うことに無理があったことなどで効果が出なかった。

現場のＯＡ化は思わしくなかったが、建設課事務所内のＯＡ化は管理係長の指導で高い関心が盛り上がってきたため、成果が出て来た。

13. ごみ焼却炉建設工事の改善

従来、焼却炉の建設は建築が炉室建屋を完成させてから、機械屋が入って機械を組み立てていたが、炉室建屋の屋根・壁を後回しにして、焼却炉を先に組み立てた後、建屋の屋根・壁の工事をした方が全体としてコストも工期も得をすると思い提案した。

炉の工事の時には、炉室の床にクレーン等の重機を載せる必要があり、躯体を補強して工事をしたが、補強しても全体としてメリットが有った。

客先の別途発注工事である土建工事の工程に注文を付けることは無理だと言うので、客先にとっても得だと説明し、担当主任に説明させ納得してもらい実行できた。大幅な炉室工事の改善だった。

建設課のスタッフからは工事が小さな空間の中でのチェーンブロックやウインチを使った作業

から解放され楽になり好評だった。工期は短くなりコストも減り効果的であった。

この改善は次々と実行され、姫路、相模原のごみ焼却所に引き継がれ、浸透した。

14. 社員の地元とのこと

私の着任前から鹿児島のし尿処理の工事現場で、機械社員が所長をしていたが、電気・計装工事を担当する社員が暴力団の分子から襲われそうで心配だと言う電話が入った。

本人が馴染みになった飲み屋の女性の旦那が刑務所に入っていたが、今日にも出て来ることになったという。如何したらよいか？　と聞かれて即座に「彼が居ないと困るか？」と聞いたら、大丈夫だと言う。

「それではすぐに帰せ。旅費を持たせて荷物はそのままにして横浜に帰らせろ」と言ったが、実は何の判断材料も持ち合わせていない、本人とその女性との関係も知らない、訳が分からなかったが、現地に居る所長が心配しているのだから、その女性の旦那と本人を会わせないことが一番良いと判断した。

作業服のまま、所長の手元の現場資金から旅費を借りて早々に帰ってきた。

荷物は後から所長が送ったようだ。

建設課長は極めて多忙な職務で、席の温まる時間がないほどだった。忙しい内容は工事計画、関係各課との打ち合わせ、工事の安全計画作成、工事開始時の安全会議、工事発注の査定とネゴ等である。

15. 環境装置技術部次長

建設課長二年間で平成二年四月一日付で環境装置技術部次長になった。

同日付で天野部長が本社に栄転して本牧工場から籔内部長が着任した。後任の建設課長は環境装置設計一課の小島課長が継いだ。私が就いた二年前から下流側の建設課が最も大事ということになり、東大出で計画設計畑の小島設計課長が私の後任になったのだ。

小島課長は東大工学部産業機械工学科を卒業したエリートだった。

現場の経験がないので、大変だろうと大いに応援した。気丈なしっかりした男だった。

しかし、暫くすると会社を退職して、家業の後を継ぐために家に帰ってしまった。

後任建設課長にシンガポール現地で苦労してきた、建設課の土井主任が昇格した。

建設課長は多忙で負担の大きい役職で、小柄な土井主任には心配ではあったが、任に着くと逞しく、建設には筋金入りの名建設課長として活躍した。シンガポールの困難な現場と補償技師三年を勤め切った根性は本物と認識した。立派な男だった。

次長は二人いて私は建築設計課、建設課、工務課を担当して工事と安全が担当であった。先輩次長は設計（五課）を担当した。

翌年、籔内部長が副所長に昇進して、設計担当の次長が環境装置技術部の部長になり、後任は電気屋の高橋さん、私と同期だった。

私の環境装置技術部次長の仕事には安全担当次長が含まれていたが、此の安全担当次長の役目が大きな部分を占め、重大災害の処理に明け暮れた二年間だった。

安全担当次長中に、輸出や国内の建設工事を含め十一件の死亡事故が有った。事故発生原因の糾明、再発防止策の策定、官庁への報告、加えて生産工事の管理など際限のない仕事が続く。災害現場には責任者として私が行ったが、何時も長丁場で長い一日が続いて事故発生後間もなく頭が朦朧としてくる。

重大災害は任期中に一件有ればノイローゼになるほどのプレッシャーと言われていたが、重大災害が多く比較にならない状態だった。

生産部門の安全には専任の安全係長が必要で化工機部の稲田さんに来てもらった。稲田さんは私より一年年長で養成学校を出て現場にいた人で、化工機部次長の成田さんの提案で来てもらった。

稲田さんは現場育ちだが、一時期化工機部に籍を置いたことがあり厳しい籔内副所長も賛成で、高い評価をしていた。

厳しい毎日だったが「天命」と思って日々の仕事に取り組んでいた。

上司の安井副所長から「困難に向かえば、益々元気になるのも才能の一つ」などと書かれた年賀状を頂いたことが有った。

16. 災害の事例

任期中の重大災害の中から四例を紹介する。

①相模原ごみ焼却場

もっとも強く記憶に残る災害は相模原ごみ焼却炉の建設工事である。

私と一緒に建設課に行った第一係長中村さんは主務（課長格）になって、相模原ごみ焼却場建設工事の所長になっていた。

中村所長から電話が入り、トラッククレーンで釣り上げたＡＬＣパネルの束の台付けワイヤーが外れて、下に居た三人が被災したという急報だった。

副所長室に副所長と部長が居たので報告に行き、直ぐに現場に向かった。

現場に行くと何機ものヘリコプターが現場の上をブンブンと飛び回っていた。

現場事務所に着くと所長は一名死亡して、二名は重症と言う。初めての体験で事の重大さに普段落ち着いている中村所長は落ち着きを失っているように見えた。

私も初めての経験でどう対処するか計画は無かった。

所長は対外的な報道は客先である相模原市が担当するから、三菱からの情報漏洩は慎むようにとの連絡が有ったと言う。

私は大きな仮設プレハブ事務所の窓を全部閉めて、カーテンも引き社員全員が事務所内に居るように指示した。

ヘリコプターはブンブンと飛び気のせいか増えたようにも思った。

新聞記者他の報道陣が事務所の外に集まり、大声で取材を要求した。

私は「情報の窓口は客先の相模原市になっているので、すべての情報を相模原市に伝えてある。相模原市から聞いて貰いたい」と大声で回答した。報道陣は強く反発して、「開けてください。三菱さん、それで済むと思うのか！」、「三菱の社会的責任を考えれば、余りに無責任ではないか！」などとカーテンと木製のガラス戸を通して大声で怒鳴ってきた。

事務所内には現場の社員に加えて、横浜から出張で来た社員を合わせると十五、六人は居た。

社員たちは驚いて「次長、開けましょう」などと言う者も居たが、情報が違って混乱するよりは、客先との約束通りに三菱からは一切情報を出さない方が混乱は少ないと判断して閉め切ったままにした。

まず初めに成すべきことは災害の発生原因究明なので、全員を集めて原因究明を行った。

夕方、十七時ごろから始めて、二十二時くらいまで掛かって帰宅した。

家に帰ったら、家中の者がテレビを見ていて、「相模原の事故はお父さんの会社のことでしょう、テレビに映っていたが大変な事故ね」などと言う。

「今、そこから帰ってきたところだ」と言うと、全員がシーンと押し黙った。

翌日は早くに家を出て現場で朝礼を行った。

関係官庁から調査に来て、調査が続いた。

所長は落ち着きを取り戻し、冷静に物事を処理していた。

労働基準監督署では設計から建設に回った所長に「三菱は現場に習熟していない設計者を十分な教育もしないで現場の責任者にした」と言って詰寄られた。

原因究明のため調査、実験を行い、ＡＬＣパネルの向きを誤って裏返しに吊り上げ、自重に耐えらず折れて落下したことが判明した。

所長の現場管理に落ち度は無く、三菱は何の咎めもなく、建設会社の下請けの会社の責任者が書類送検され落着した。

所長の教育期間は短かったが、ルールと現場をよく理解し現場経験の多い所長よりも優れた管理をしていた。

所長にはベテランの建設課の経験を積んだ者でも及ばないところが有ったように思う。設計で習得した手堅い管理は現地工事でも効果的だと言うことを示している。

②シンガポールの死亡災害

シンガポールのチュアスⅡ工事では二件の死亡事故が有った。

一件目は仮設工事をする仮設の電工が電柱から墜落した災害。

二件目は昼休みに現場から引き上げる時に原因不明だが空調の大きなダクトに入って墜落した災害である。

偶然マカオのごみ焼却場建設工事でも死亡事故が有り、横浜製作所の安全担当次長と一緒にシンガポールとマカオに行った。

マカオの建物は別発注だったが、朝一番で三菱の社員が現場を見回ったところ、夜間に現場に潜り込んだ浮浪者を見つけ、逃げたので追いかけたら、二階の外部に面した手すりの無い空いたスペースから落ちて失命した。

手すりを付けないのは地元建設業者の責任だが、三菱の事故として扱った。

そのため、横浜製作所の安全担当次長も行くことになった。

彼は横浜国大工学部造船工学科・昭和四十年卒で私とは同年卒の同期生で修繕部から所に出て安全担当を務めた。

重大災害が多く、シンガポールもマカオも本社の安全担当常務が敢えて取り上げたので、二人で現場を確認することになった。

シンガポールからマカオに回った。マカオは香港から船で渡った。

渡船場から船に小一時間乗りマカオに着いた。

初めての土地で、海際の平らな土地から暫く行くと急な坂の多いところに出て、坂を上り下りしてホテルに着いた。

夕食後マカオの街に出て散歩した。坂の多い狭苦しい市街だった。

カジノを見に行った。下の階は和気あいあいとした雰囲気で楽しいゲーム風景だったが、上に上ってゆくに従い、緊張感が出て最上階は一番高額を賭ける所と言うが、ガラスの向こうに漂う緊張感は素人ながら感じ取れた。

マカオの建設工事は既に軀体のコンクリートは打ちあがっていたが、ジャンカが多くコンクリートの質が悪かった。床の開口部や外部に面する床からの開口は養生していないので三菱が蓋や手摺を付けた。

足場には竹を使い、ビニールの紐で括って高層ビルの足場を組んでいた。

③札幌市・発寒《はっさむ》ごみ焼却場建設工事の通勤重大災害

耐火工事は専門業者と全作業員が宿泊という条件で契約をしていた。しかし、滝川からマイクロバス通勤していた作業員のグループがあり、出勤途上でマイクロバスがスリップして回転、乗っていた一人が頭を打って死亡した。耐火煉瓦工事は全員宿泊の宿泊費を含めた契約だった。私は宿からの通勤ではないから契約外の事故であり業者の労災保険で賄うように処理した。

ところが札幌の労働基準監督所から呼び出され、当社の通勤災害として労災保険を使用するようにと言われた。しかし、災害は契約外で起こり、本人の遺族は下請会社の保険で救済されることであり、本人が不利益を蒙ることはないと、当社の労災適用を拒否した。翌日労基から所長に電話があり、当社の労災適用要求を受け入れたいという。同意を求められたので私はここでも同意せず、環境装置のカウントにしないという条件で同意した。

兎に角、環境装置の災害のカウントが多くなり、真実のカウントにしたかった。

④札幌市ごみ焼却場建設工事の後施工アンカー引き抜けによる重大災害

機械の据え付け業者が大梁の下側中央に上向きの後施工ケミカルアンカーを打ち込みファンを固定する作業があり、そのケミカルアンカーが引き抜け、落下したファンが作業員に当たり死亡する重大災害が発生した。

梁の下側中央は下端の主筋が密集しているところで、引き抜けた跡の穴を覗いたところ鉄筋が見え主筋と干渉しており、原因究明のために問題の穴を含む部分をコアで切り取ることは主筋を切ることになり不可能なので、社内の横浜研究所で実験を行い検証した。

各種の実験結果から原因は必要以上に深い穴を掘り、ケミカルが不足である可能性が極めて高くなり、実際にボルトが引き抜けた穴を改めて確認したところ、深穴でケミカルが奥に入っていて有効に働くケミカルが不足していた。既に示談は成立しており、警察の示した解決条件は示談が成立し、原因が究明されることだったので両方が達成され解決した。

事実の報告には社内で一悶着あった。工事に瑕疵があることは明らかで、社内には隠して報告しろと言う意見が有ったが、報告に矛盾が出るし、嘘を言うような不誠実は出来ないので事実をありのままに報告したが、何も問題は起こらなかった。

17. 相模原ごみ焼却炉追加工事

工事では災害で有名になり、追加工事も多く発生したので、部長に逐一経過を報告していた。特に相模原については、所内の悪名高い工事であり、何時も情報を摑んでおく必要があると思ったから特に細かく部長に報告していた。

ある時、部長から「丸山、お前相模原を細かく報告するが、俺に報告したら責任を果たした、と思っているのではないか」という。「問題が大きい案件として、情報を把握する必要があると思っていたから報告しています。必要なければ報告しません」「おう、聞くたびに不快になる、報告しなくても良い」と言うので、その後一切報告しなかった。

台湾の引き合いで、暫く出張に出ることになったが、報告しなかった。

出張の前日に日が暮れた頃、「おい、丸山、相模原の追加は如何なっている」と言うので丁寧に説明した。

18. ごみ焼却炉のモジュール化

ごみ焼却炉を陸上で作って、バージに載せて運び建設すると言う課題が出て来た。

モジュールで運ぶと言うもので、社内では長崎造船所が中近東の発電プラントのボイラーを長崎のドックで造って中東に運んだと言う話は有名だった。

長崎から横製に来た者の中にもその建設に携わったメンバーが来ていて自慢していた。

横浜は横浜製作所金沢工場の船着き場でごみ焼却炉を制作して、バージに載せて横浜市のごみ焼却場近くに下ろして、そこから移動して所定の位置に据え付けると言うものだった。

モジュール輸送の目的はコストダウンである筈《はず》が、なかなかその目的の方向には進まなかった。

環境装置部門では、私がリーダーで設計担当の建築課主務、輸送を担当する工務課課長、現地工事を担当する建設課長の四人で開発プロジェクトを組んだ。

長崎と横浜のモジュールの違いは、長崎が安定した構造の達磨のようなものであり重心が下部にあった、横浜は櫓《やぐら》の様な物であり、重心は上部にある。

長崎はスキッドと言う橇《そり》のような台を作り横引きしたが、横浜のモジュールはスキッド方式ではコストが掛かりモジュールの意味がなくなる。

私は構造計算と現場の据え付け状況からスキッドではなく、上から吊る。「上吊り方式」を主張したが、三人は揃って安全なスキッド方式を主張した。プロジェクト会議で毎回私一人の主張を打ち消して、スキッド方式に変えて来る。彼らは「次長は大勢《たいせい》の主張に同意すべきだ」と言う。

しかし、スキッド方式は理論的に優位の根拠がなく、コストが高くなるのは明らかで、長崎の真似をして失敗の誹《そし》りを免れたいと言う以外に理由が無い。

長崎から転勤してきた経験者に一人一人尋ねたが、長崎でやった方式が良いと言う、迷信のようであった。

現場も設計も当時の長崎に在籍した者一人一人に聞いたが、独自の考えを持つ者は居なかった。

プロジェクト内で意見が分かれ、収拾がつかないと誰かが部長に訴えたようで、副所長出席のもとに、技術部門の管理者全員が集まり、検討会が開かれた。

各々が意見を言ったが、結局は私一人が上吊り方式、他は全員スキッド方式だった。

副所長は「私には良く判らないが、コストの安い上吊り方式にしたい」と言うことで上吊り方式に即決した。

モジュールの構造から栈橋からの積み込み、現地の横移動や据え付けの詳細を建築課主務と一緒に設計・計画した。

鉄骨製作が始まる頃に営業部に移動して台湾のフルターンキー工事の工程キャッチアップのため長期の出張に出ることになった。

台湾の工事を終えて帰国したら、丁度このモジュールの建設時期で無事に予定通り建設出来たことを見届けた。

副所長は所長になっており、「上吊り方式を採用したことが成功した」と人づてに聞いた。

この時の所長は籔内さんで、籔内さんは部長、副所長と私の上司で、多くのことを教えていただいた一人である。

19. 台湾樹林《じゅりん》・新店《しんてん》ごみ焼却炉フルターンキー工事受注

当時、台湾政府発注のフルターンキー工事で樹林・新店の双子のプロジェクトは我が横浜の環境装置では工事消化能力を超えた仕事を抱えることになり、受注に及び腰の状態だったが、長崎造船所から来た副所長が、本社の至上命令で受注の方向に決まった。

受注前の工事消化のスキームでは土建工事は台湾の国策建設会社に丸投げしようと言う目論見で取り組んだ。

兎に角、何としても受注と言う。設計各課はコストを詰めに詰めて積み上げていった。

最終的には建築課（建築設計から課名が変わっていた）のコストが積み上がって、私のところに出て来た。

ところが、本社へ報告後に建築課に見積もり漏れが有り、大きくコストが増えることが判った。

このままコストを動かさずに押し通そうと言う意見が出た。

本音としてはみんながそう思っていたと思う。

しかし、管理者がコストを把握しないで受注し、後に赤字が顕在化して現れればその時の管理者の責任になる。私は受注時の責任者が何も知らないでは、長期的にみてその場凌ぎが出来れば、会社は良くならないと考え、見積もり落ちを申告すべきと主張。

部長は籔内副所長へ私が説明に行くように言われ、籔内副所長は不機嫌な顔で例のごとく困ったときに唇を舐める癖を出され「お前、木下さんに説明してこい」と、そこで本社に出向いた。

前の横製所長だった木下さんが事業部長でおられた。

別室に呼ばれて、「お前の部下の見積もり落ちは幾らで、全体はどうなる」と聞かれ説明した。

暫く横製の話をして帰ってきた。

本社の圧力が有り、自分たちの工事消化能力を顧みず、受注に邁進して受注に成功した。

工事は海外工事の経験豊富な建築設計課の課長をラインから外し、現地所長に据えてメンバーを組み立てた。

新店の工事から始まった。

工事開始後間もなく、台湾で過積みの砂利トラックに子供が巻き込まれた災害が起こり、過積規制を厳しくすべしという世論が盛り上がった。

この結果建設業は輸送費が増え大きな打撃を受けた。

建設の下請けは国策会社だったが、調査の結果施工能力が不足なので、下に日本の大手建設業者の台湾法人N社を入れた。

現地の工事が遅れていると言うので、平成四年二月に現地に行った。

N社は輸送費の増加で工事費が嵩み、赤字が明らかなので追加の経費を出さなければ工事を中止すると言い出していた。

この工事は遅延すると客先からのペナルティが厳しいので、その厳しい条件をN社との契約に乗せていた。

工事は予算の目途が立つまでやらないと言い出していた。

台湾から帰国すると部長に呼ばれ、四月一日付で営業部次長になれと言い渡された。

第八章　営業

平成四年四月一日、環境装置営業部次長に異動した。

営業と言う職務は全く解らない職場で、各課の課長から様子を聞き始めた。

営業部は管理課、環境装置一課（主としてごみ焼却・破砕機）、環境装置二課（し尿処理関連、下水処理）、環境装置三課（産業機械、産業廃棄物関係）、輸出営業課の五課が有り総勢四十人弱の組織だった。

各課の課長からヒヤリングして、部の仕事を理解しようとしている矢先に、台湾の新店土建工程が大幅に遅れ、下請けの現地法人N社が動かないと言う知らせが入ってきた。

1．台湾・台北新店ごみ焼却炉建設工事の工程回復

課長から転身したM所長に電話で様子を聞いたが全く対策の様子が判らない。

過積問題は環境装置技術部次長の時に現地に行って様子を見てきたが、現在実際に工程が遅れて現地スタッフの打つ手が全く見えない。

技術部の部長から現地に行って工程を立て直してくれ、と言われたので上司の営業部長に「技術部長から現地に行って工程を立て直してくれと言われている」と言うと「そんなことならすぐに行って工程を立て直せ」と言われて、営業の名刺では仕事が進め難いので急遽、環境装置技術部次長の名刺を作り出発した。

長期滞在となるが、ライン業務が有りワークビザを使えないので観光ビザで行った。

観光ビザでは二ヵ月滞在すると台湾から出国しなければならなかった。

現地に行って驚いたのは、N社は工事をすれば過積み規制強化で建設費が高騰し工事は赤字が明らか、更に工程が遅延すればペナルティーを負わされる、と言うことで工事を放り出している状態だった。

過積み問題を客先に問うと「台湾としては国の法律が変わったわけではなく、違反を取り締まっているので、追加の費用は払えない」とN社の言い分は全く通用する話ではない。

台湾のプロジェクトは樹林と新店の二つのプロジェクトを受注したが、樹林は地盤が悪く擁壁の補強で時間が掛かり、新店の工程を先に進めていた。

台湾の状況に驚いて日本に帰り、資材部長と一緒に日本のN社の本社を訪ね、責任者の取締役に面談して、工事を進めるように依頼した。

取締役は工事の遂行を確約してくれたので、再び現地に入った。

現地では取締役の指示が浸透しているので工事を進める意思は有るのだが、肝心の技量が現地スタッフには不足だった。

今進めるべきことを指示したが、結果が出て来ない。複雑なごみ焼却炉プラント建物の工程表が作れない。

私は具体的に三菱で工程表を作って、この工程表に基づいてクリティカルパスを決めて、打つべき手を指示した。

それに対して、反応が出てこない。問題点を指摘してもN社は理解しているとは思えなかった。

このように時間を費やしていては、工事が完成しない。

前回日本のN社の本社に行った時の危惧が現実のものとなってきた。

ごみ焼却炉プラント建物は構造が複雑で工程表はN社の所長以下の技量では作れなく、理解不足で工事完成は期待できない。

何度もN社現地と応答を繰り返し、結果としては所長の交代を促すことにした。日本に帰り、再び資材部長とN社の日本本社を訪ねた。

①ゼネコン・工事所長の交代

今回は現地の工事の取り組み方の具体的な応答内容を書いて持参した。

工程表を作成するよう指示したが、作れないので三菱が作ったこと。

工事の指示をしたが不十分なので、生ずるだろう不具合を見通して注意したこと。

予測して指摘した通り工事の結果が明らかに不具合だったこと。

改善すべき指示をするが、それが出来ず不十分であること。

工事の判る者が見れば内容が一目瞭然なことを具体的に書いた。

取締役は書類を受け取って、ご自身が現場をご覧になり私の訴えていることを理解し、直ちにシンガポールからの優秀な所長に交代させ、私には「宜しくご指導願います」と言って帰国した。

日曜日に休日出勤して三菱のスタッフ・小野君と現場に出て工程を検討した。小野君は関東菱重興産という子会社の社員でごみ焼却炉建設工事管理のベテラン、たちどころに工程表を作り上げることが出来た。

N社の本社が手配したシンガポールから来た新所長と小野君は詳細な工程表を作成した。私はいつの間にか工事推進の中心メンバーになっていた。

②設計変更して工程短縮

・最初は毎週工程会議を開いて打ち合わせをし、工程キープを試みたが、毎回遅れ気味なので、現場に出て作業員の配置を見ることにした。

私は奥村組に勤めていた頃、配置している職人の工事能率を把握して投入の人数を決めたものだが、この経験が役に立った。

型枠大工は習熟度が低く、鉄筋工も同じような状態だったので、地中梁でつなぎスラブを設ける炉室床の構造を地中梁の無い厚いコンクリートのマットスラブに急遽設計変更をすることにした。

幸い、地盤が岩盤だったのでこの設計変更は容易であった。

コンクリートの物量は増えるが、型枠の面積が減るので、型枠大工と鉄筋工の手間が減る。岩盤を掘る手間が少なくなる。従ってコストに差はないが工程短縮に大きな効果が有った。

客先もコンサルタントも大量にコンクリートの量が増すが三菱が良いのなら良いと承認してくれた。

設計変更の提案に対して客先やコンサルタントから「丸山は工事の責任者ではないのか?」と聞かれたそうだが、担当設計主任は「従前は丸山が建築設計で我々の上司だった」と答えたと言う。

他にも工事が短縮できる幾つかを設計変更した。

煙突の地盤の設計も変更した。

・煙突は杭を打った上に建造する予定だったが、「テールアルメ」というテールと言う帯と土を交互に積み重ねるフランスの技術を採用することにした。日本では道路などの土木工事で使っているが、建築では許可になっていない技術だった。

ドイツのコンサルタントは馴染みのある技術であるため、簡単に設計変更を認めてくれた。

・コンサルタントがスペックインしていた、ロバートソンの外装材を、日本の三晃金属の製品が同等なので、設計主任が中心になって客先を説得し三晃金属製に変更してもらった。コストがセーブできたうえに工程が短縮された。

他にも可能な限り工程短縮になるような設計変更を行った。

これによりコストが安くなり、工程も短縮した。

ところが、躯体工事をする台湾地元の職人が定着しなかった。

③外国人作業員の採用

職人の安定供給に困っていた時、台湾で外国人労働者を入れても良いと言う法律ができた。N社と当社との契約は客先との契約に従って、台湾の作業員を使うことになっていたが、客先との契約を変更して、外国人労働者の採用を可能にした。N社の発案で宿舎を設けて、フィリピンとタイの作業員を別々に居住させた。この方法は非常に良い効果が出て、工程を読めるようになった。毎日現場に出てその日の躯体工事の出面（作業員数）を数えて工程の進捗を計算する手間が無くなった。台湾の躯体関係の作業員は一つの現場に長続きしなかったが改善できた。

④工程の管理

躯体工事は大きく総人数と作業効率で全体の工程を見ればよくなったが、他の仕事は目を光らす必要があり、毎日朝一番に現場を回り、作業員の人数を確かめ、工事の進捗と安全を見回った。二ヵ月後には安定的に工程をキープできると思い日本に引き揚げたが、一ヵ月を経過したところで、コンサルタントの工事責任者から直接電話が有り、工程が遅れているから来いと言う。直ぐに現地に行き、現場を見ると工程回復のルーチンが出来たと思ったことが出来ず、そのため工程が遅れていたのだが、又従前のように朝一番で現場を見回り、必要なことをN社に言い、毎週の工程会議に出て、必要に応じて昼休みのN社と職人のミーティングに立ち会うなどして、キメ細かく工程をフォローすると段々と工程が戻ってきた。

現場を回っていると、掃除のおばさんや高砂族の職人たちには日本語を理解する人たちがいることが判った。

躯体がある程度進んだころ、鉄骨や建築設備その他の納期をフォローするため、N社の副総経理（副社長）と発注先に行った。

しかし、この発注先の納期キープも大変で、前回の約束が次の月には変わっていることが多かった。

部長クラスと打ち合わせて約束しても、もっと上位の人と約束しないと工程をキープできないので、必ず社長に会って約束してもらいサインを貰った。

鉄骨は国策会社だった。何度も納期の約束を破られたので、N社の副総経理に鉄骨会社社長のアポイントを取るように頼むとビビってしまい、なかなかアポイントを取ってくれなかったが無理に頼んだ。その後鉄骨の工程フォローには社長が出てきた。社長は技術者で工程が判る人だった。

同行した小野君と具体的な工程の打ち合わせをして、その工程表にサインしてもらった。

また、工場の工程を監督するため小野君が工場に常駐することを約束し、彼の努力で、鉄骨の製作は順調になった。

現場の安全については、三菱の現地で雇用した技術者を工事兼務で安全担当にして、N社の元請けである国策会社から専任の安全管理者を出してもらった。

台湾の安全ルールは殆どが日本と同じで、お互いに分かりやすかった。

安全会議をすると、安全管理者は誠に立派なことを言うので驚いた。

彼をリーダーにして現場の安全パトロールをすると、必ずしも建前通りではなかった。

現場で安全大会を実施した。総勢約八百人の大人数で驚いたが、私は日本語でスピーカーを通して話し、現地のスタッフが現地の言葉で伝えた。

二ヵ月が過ぎる頃には工程を取り戻し観光ビザの期限が切れるので国外退去の期限となり帰国した。横浜には新しい職場・環境装置営業部ラインの仕事があり多忙だった。横浜で一ヵ月が過ぎたころドイツのコンサルタントの現地責任者から直接電話がかかってきて、「工事が遅れているから直ぐに来い」という。現場に工程を確かめ工程を把握して遅れを取り戻すべく直ちに現場に行った。

工程の進め方は具体的にルーチン化しており、必要な資材の納期も先方の社長と約束していたがどうしてか工期が遅れた。こんなことが繰り返されコンサルのドイツ人スタッフや現地採用のスタッフから常駐を求められたが、横浜のライン業務があるので先方の要求に応えられなかった。

十三ヵ月繰り返しプラント工事へと引き継いだ。

⑤コンクリートの鉄筋量

躯体コンクリートを打ち上げていくうちに、構造体の鉄筋量が多くコンクリートの回り込みが悪いため、コンクリートの打ち込みに苦労した。

設計時、用いる設計基準はアメリカの基準でも日本の基準でも良かったので、設計の担当主任にどちらが鉄筋量が多いかを検討してもらったところ、同じだと言うので、次回のためにアメリカの基準ACIで設計することにしていた。ところが日本の設計基準より明らかに鉄筋量が多いのでもう一度確かめて貰ったら、ACI基準が多かったという。ACI基準の耐震設計は日本の基準より鉄筋量が多いことが明確に分かった。

⑥現場の食堂

現場の運営では私が行く前は、昼食は出前の弁当を取っていたが、私が行きだしたころから近所の家を訪問して、昼食を食べるように変わっていた。台湾の家庭料理は日本の料理に近く私も美味しいと思った。

当時の人数なのでそのお宅を訪ねて昼食を食べさせて貰っているが、建築屋だけではなくプラントの建設が始まれば日本からの人数が増え狭くてとても食べられなくなるので、仮設事務所の横に小さな食堂を建て増しして、料理してくれている主婦を給料で雇い、材料は主婦の言う通りに調達して支給することにした。

この小さな食堂はとても好評で試運転が始まったら人数が多すぎて使えないだろうから、その時は外食弁当を取るようになるだろうと言っていたが、結果的には交代で食事をして、最後までこの食堂を利用することになった。

⑦その他

この他に思い出すと限が無いが、ドイツ人は白ワインが好きだとか、N社への追加工事費の支払いとか、意外に台湾の中には日本語が広く使われていたこと、台湾人には中国人とは別との意識が有ること、正直な誇り高いタクシーの運転手はチップを断ったこと、などなどまだまだ書き切れないが、紙数に限りが有るので割愛する。

平成四年が暮れる頃から建築工事からプラント工事主体に変わり、プラントの所長が赴任してきて、私は台湾の工程キャッチアップの任を解かれた。

後日談ではあるが、この工事が竣工した時、本社の役員が式典に出席して、「三菱は良く工程を守ってくれた」と客先から礼を言われたと伝わってきた。心の底に「台湾は工程が遅れることが常識なのか?!」との思いが浮かんだ。

台湾から帰ると、日本ではリストラクチャリングと言われて、バブル崩壊後の時期だった。二ヵ月毎に帰国してはいたが、正式に帰任となると周りの世界の変化に驚いた。

2. 木曜会会長

台湾のプロジェクトが始まった頃、「木曜会」と言う課長と次長の会が横浜製作所にはあり、その会の会長になれと言う話が湧いてきた。台湾の工程フォローも有るので困ったが、兎に角引き受けた。

私は引き受けたからには、台湾出張は有るが出来るだけのことをしようと、臍《ほぞ》を固めた。

木曜会の会長は部長にはなれないとのジンクスがあるが、その後に環境装置営業部長になれたので、ジンクスを破ったことになる。木曜会の会長経験者で優秀な方が居たが、この方は部長にならなかったので、その辺りの事情を知りたいものと思ったものである。

木曜会では我々の時期に「何かをやった」と言うものを残したいと、プロ野球の広岡達朗氏の『勝利の方程式』と言う講演を百万円で依頼した。副会長は無難に講演会を安い金でやりたいと言っていたが、目玉として広岡氏を頼むことに同意してもらった。

これはなかなかの好評で、本件は何年も話題に上り続けた。

3．営業部の業務

営業の次長になったので、営業の仕事を覚えようと一生懸命だった。

営業の課長の多くが世に言う名門校の卒業であるが、驚いたことに数学的・理科的に考える人がいなかった。

私は子供たちが進むとしたら、文系に進むにしても理系の大学受験勉強をして、受験は文転して文系で社会に出したいと考えるようになった。

営業に移って困ったことは、音痴でカラオケが出来ないことだった。

ある時は、本社に行ってお客様と銀座に行った。最初にカラオケの店に入った。この店は明るい照明で、上手に歌うと鐘が鳴り、お客さんたちは拍手をしていた。

お客様が、「丸山さん。どうぞ」と言うので、躊躇することなく前に出て歌った。

歌詞を見て歌うのだが、少し上がっていたが、メロディに乗れず、私が歌い終わった時は、曲はまだ半分が残っていた。曲が終わるまで待って自席に戻ったら、店の女性が「お上手ねぇ」と言うので、「本当に上手と思うか」と聞いた。なんとも白けた雰囲気が流れ、お客様から「次の店に行きましょう」とご提案があり、普通の飲み屋に行くことになった。

カラオケは練習したが、上手になれなかった。しかし、何時も「音痴だから」と卑屈になることなく、破れかぶれで臨むことにしていた。

営業部と言っても事業所の営業であるから、仕事の受注活動より環境装置部門の管理的な要素が強く、国内の営業対象は神奈川県内に限られていた。

各支社・営業所の営業活動を見て、営業活動の依頼をしたり、支社・営業所で働く要員を出したりした。

カラオケ以外は業務上で困ったことはなかった。

営業は基本的には人間の営みの中の常識も多いので、新しい知識の取得も有ったが、若い人達より私の方が人生経験を積んだ部分もあって、新任時の建設課長に比較して難しく感じた事柄は少なかった。

事業所の営業の特徴として、受注工事の催しに出席する業務が有った。

地鎮祭、立柱式、竣工式など、そのプラントに相応しい人が出席しなければならない。

部長が出席すべきイベントがダブったりして次長が代理で出席すると、客先の評判が芳しくなかった。

営業業務に慣れない技術者の私にはバカバカしいと思うような行事も重要な行事だった。

後で考えるとあの件は出ていて良かったと言うことがいくつもあった。

また、営業は対外折衝の窓口であり、表ばかりではなく裏の人たちとの対応もしなければならなかった。

4. 京都の件

平成五年に関西地方のプラントで、関連会社が施工している工事が丸投げではないか、丸投げは建設業法違反であるとクレームがついた。

呼び出されて、京都駅近くにある都ホテルのロビーに出向いた。

大事な話をするときは必ず二人で臨むようにするものだと、開発部時代に教えられていたので担当の課長と同行した。

会う相手は京都の有名な団体の幹部だった。

その幹部は黒いダブルの背広を着た紳士然とした中年の人物だった。

ホテルのロビーで話をした。

言葉使いも、態度もインテリ然として頭の良さが伝わってきた。

株、土地、事業、などいくつかの話を提案されたが、我々は会社の経営者ではないので、話を聞いても何もできないと断った。

そんなことを言わずに、会社に持ち帰って検討してみてはくれないかと物静かに頼まれたが、帰って相談する相手が居ないので断った。

話している間に、右手の親指を残して何本か指が無いことに気が付いた。

話が切れた。「いつも月夜だと思うなよ」と言う言葉が出て別れた。

その後、私は折角京都まで出て来たので、用事を済ますべく、各所を訪ねた。

大阪支社では「何の用事でそこに行った」等と電話が有り、また「明日は○○に行くようだが、何しに行く」などと聞いてきた。

幾つかの訪問先に毎回電話が来て、最後の訪問先を出てタクシーで新神戸に向かっている途中で、同行の課長に「新幹線の駅に着いたら急ぎタクシー乗り場に走り、伊丹航空へ行き飛行機で帰ろう」と言うと、「新幹線で一杯やりながら帰りましょうよ」と言うので、「月夜の晩ばかりではないぞと言われていたな、京都を無事通過できるかな、我々の動きを知っているよな」と言うと、急に慌てて飛行機で帰ることに賛成した。

横浜に着いたら家に直行した。

5. 奈良の件

同じ年の暮れ近くに、奈良県G市のごみ焼却場建設をゼネコンと甲型JV（プラントと建築が対等な共同企業体）で契約した物件だった。

他には東京都、横浜市、ほか大都市のごみ焼却炉はゼネコンとは乙型JV（プラント主、建築従）でプラント側が主となり契約していた。

甲型JVとは全く奇異だった。

そのゼネコンが会社更生法の申請をしたと言う。

私は営業部次長として、現在のゼネコンを外して健全なゼネコンと改めてJVを組むようにするために出向いた。

夕方だったが、助役が待っており、開口一番「現在のゼネコンのまま工事を完成させてくれ」と言う。

健全な会社と組んで完成させると言う社の方針で来た、そのような発注者の希望は受け入れがたいと拒絶したが、どうしても使ってくれと言う。

仕方なく、横浜の上司の営業部長に電話をして、ご意見を伺った。

やれるだけのことをやってみようと言うことになった。

現地に残り部長と相談しながら工事の仕組みを作りだした。

現場のゼネコンの社員達は自分たちの手で完成させたいと言う希望が強かった。

三菱が客先から取り下げた出来高金を、他の債権者に行くことなく、現場に直接届くことが必要だった。

管財人は大阪の鬼追弁護士で、入金を現場に流すことを確約してくれた。

当該工事担当の小黒弁護士も確約してくれた。

私は債権者とは直接会うことをせず、ゼネコンにも小黒弁護士経由で伝えるようにした。

何度も現場の段取りについて打ち合わせをして、現場の結束が固かったので、三菱からスーパーバイザーを入れないで大丈夫と見込み、工事遂行の仕組みが出来た。泊まり込んで一ヵ月が経っていた。

以後、入金他の事務手続きは環境装置営業一課の課長に引き継いだ。

このプラントの竣工式では、参列した本社の重役は市長からの挨拶時に「三菱がゼネコンを使い続けて完成させ、よくぞ工程以内に竣工してくれた」とお礼を言われたと聞いた。

6. 営業部長に昇進

平成六年四月、二年の次長勤めの内、一年は台湾で工程キャッチアップに費やし、修行不十分ながら営業部長を引き継いだ。

前部長は影日向のない方で、仕事ができ信用できる立派な人だったが社内の年齢のルールが有り私が継ぐことになった。

上位の人には厳しく当たるが、下位部下には優しく、親切だった。尊敬する人の一人だ。従って、上位の木下さん、籔内さんには必ずしも良く思われていなかったかもしれないが、事務屋としてもっと、もっと出世して貰いたかった。

7. 営業部長の仕事

環境装置営業部長になって、海外事業の拡大と言うテーマが有った。

アジア地区の営業マンをシンガポールに集めて、講習会をやろうと言う輸出営業課長の提案があり、直ちに採用して、シンガポールに行った。

三菱商事の会議室を借りて営業の講習会を開き、終日講習して夜は三菱商事の施設を借りて、パーティーを催した。

この施設には、大きな空間を持つ講堂のような会場が有り、支店長の私邸が隣接していた。私のスピーチがあり、輸出営業主任が書いた原稿を読むことになっていた。内容を見ると、いかにも内容が表面的なので全面的に直して、ホールの中央の階段を途中まで登り、大声でスピーチした。

紙を見ながらでは真意が伝わらないので、暗記して一言一言を思い出して話した。思い出すのに時間が掛かったのだが、翌日講習会に出席した営業マン達から、「Mr.丸山のスピーチは良く考えて深い内容を話してくれた。三菱横浜の環境装置が考えていることが良く判った」と言われ照れくさい一幕もあった。

兎に角、輸出課長の提案で東南アジアの営業マンがシンガポールに集結したと言うイベントを実施したことは意味が有ったと思っている。

横浜の営業部長の仕事として催し物への出席は大事な仕事だった。

部長格の主管を設け、部長の名刺で出席するようにしたいと思い、関係者の意見を聞くと、ラインを預かる部長でないと、名前だけでは効果が薄いと言う意見が多く、もう一人の営業部長を設ける試みは諦めた。

沢山の工事の地鎮祭、立柱式、火入れ式、竣工式と出席すべき行事が多く、「部長とはお祭り男だ」などと言ったものだった。

　焼却炉は昭和四十年代にドイツの会社と技術提携したストーカ炉が主力製品で、新しい技術を開発する必要があったが、掛け声だけで一向に新しい炉が開発されない。

　そんな時に、ドイツの技術提携先の若い新しい経営者が来ると言うので、伊豆高原の会社の施設に招待したことが有った。

　パーティーでのスピーチの原稿は前述の営業主任が書いてくれ、電車の中で見て先方に伝えたい内容に直して、パーティーでスピーチした。

　先方の人々は馴染みの無い人たちで、パーティーの場では話す話題が無く、英会話が未熟で困ったものだと思っていたが、意外に話が出来た。私が考えていたことが話題になり、彼らとはかなりの時間話した。

　彼らのお土産に、葉書ほどの大きさの手書きの油彩画を貰った。

　後に会社を退職して油絵や彫刻をしていたらふと、このことを思い出して、美術の先進国ドイツの日常生活の中で画家の描いた油彩画を大事にする文化が有るのだろうかと思ったりした。

　ヨーロッパに行ったとき町並みの建物や色合いがコーディネートされ芸術が人々の生活に溶け込んでいるのを感じたが、この小さな絵のプレゼントもその一環だったのだろうと想像している。丁寧に描かれた絵だった。

8. 阪神淡路大震災

平成七年一月十七日（火）阪神淡路大震災が起こり、神戸地区は大騒ぎとなった。

神戸市は当社のごみ焼却炉が何基も入っており、大事なお客様だった。現地の混乱の様子が社内の出張者の話からも窺い知れた。

お客様がお困りのことが無いか心配だった。

ごみ焼却炉の営業をして、営業課長から昇進した次長に現地の様子を見て来て貰いたいと言うと、次長はこんな混乱の中に行っては反対にご迷惑だろうと言う。

私は迷惑なら直ぐに帰ればよい、兎に角行って様子を見て来るように頼んだ。

当時はまだ携帯電話が普及していなかったので、リース品を借りて、次長と私が持って連絡を取り合うようにして行ってもらった。

この震災直後の慰問は大変効果が有って、お客様から「流石は三菱だ」と評価され、幾つかの焼却場の依頼をフォローした。フォローだけではなく困窮時に慰問したと言うことが、お客様に喜ばれたような印象が強い。

9. 懲罰

営業部二課の担当者について投書されたことが有った。内容は据え付け業者にパソコンを手配させて、そのパソコンで仕事をしていると言うものだった。

所の管理部門に投書が入り、それがそのまま所長に上がっていた。管理部門の勤労課が調査して、懲罰は一方的に馘にしろと言うものだった。本人が認めているので、我々が口を挟む隙はなかった。様子を聞くと確かに営業部の担当者が据え付けの業者にパソコンを調達させて、それを業務に使っていた。

不思議なのは営業職がそのパソコン代の代償をどのように業者に供与したかが判らなかった。投書された担当者は正直な男で、仕事も良くする真面目な男だった。先代の部長が関連会社に転籍していて、自分の会社で引き取ると言うので、引き取ってもらった。

この話は全容を把握していないが、既に管理部門で決着がついており、本人も全面的に認めているので、私は割り込んで調査することを思い止まった。

後で判ったことだが、内部告発したのは部内の大学出の女子総合職だった。

管理部門の部長も所長も長崎から来た人たちで、処分の決定に関与できなく残念だった。

10．人生の体験

私の営業部長任期に受注・売上・利益が部門の過去最高を記録した。

輸出営業課の担当者の父親が某知事選に出るので選挙中は仕事を休んで応援に本人を出せと言う依頼が本社のほかの事業部門の常務から来たが、本人の将来を考えて断った。更に出せないのなら所長に頼むと言って来たので、本人のためにならないと思うので止めて貰った。選挙結果は落選だった。

などなど書けば沢山あるが割愛する。

いろいろな思い出を残して、関連会社に去ることになった。

11．会社を去る

次の二点を改めて書き残したいと思う。

①本社からの帰任について

私は本社に転勤するとき横浜に再び戻る気は無かった。何度か先輩たちから戻るように声を掛けられ、特に私の二代前の営業部長が係長だった頃「本社が嫌になったら、いつでも戻って来い」と言われ、この一言が横浜に戻る大きなインセンティブだった。

このことはご本人には伝えないで終わったが、この先々代の部長が癌にかかりご本人と深い関係を持つ人たちと、入院先にお見舞いに行ったり、何かと尽くしたが、「なぜ、丸さんがここまでしてくれるのか？」と聞かれ、咄嗟に具体的なことが言えなかった。私自身もご本人没後、深層に眠っていたこの件を思い出した次第だった。

②建築技術者として

台湾から帰国して暫くすると、そのタイミングでごみ焼却炉モジュールを岸壁から運び横浜のごみ焼却場に据え付けると言う時が来た。

建築課の主務が主体となり、バージへ積み込み、現地でのバージからの荷下ろし、設置場所への横移動、据え付けと言う一連の作業が思惑通りに進んだ。

私にとってはプラントの建築技術者として、台湾の新店ごみ焼却プラントの工程回復とこのモジュールは技術の総結集だった。

具体的には①奥村組での現場建設技術、②環境装置設計課での設計、③本社の社長室開発部でのCVSプロジェクトの現地推進、④再び横浜に戻りプラントエンジニアリングの推進、⑤建設課のプラント現地工事等、習得した技術の総結集が出来た。

台湾とモジュールの体験が出来たことに感謝している。この経験は退職した現在でも私の誇りである。

技術屋でありながら営業の経験をさせてもらったことは、周りの人達の人となりを垣間見て大変参考になった。人生に幅が出来たように思い感謝している。

第九章　関連会社へ

平成九年四月一日、関連会社関東菱重興産㈱に出向。九月に移籍。五十五・五歳で役職定年となるため、五十五歳で会社を出た。

1．専門部長

出向時は建設部専門部長となり、翌年四月建設部長、同六月取締役建設部長。この年の六月に長船出身で原動機技術センターから重工の取締役T氏が社長になった。この会社は三菱重工東日本横浜造船所の営繕課を母体として、管理部門が集まってできた会社で、開業は三重工合併前の昭和三十五年に発足、三重工合併後は業務を引き継いでいる。

最初は社屋の修理や建設工事の管理などが主体だったが、私が入った頃は設計、建設、不動産賃貸、不動産分譲、親会社の業務委託・営繕などと業務を拡大し、この年の売り上げは二百億に達する本社直属の関連会社だった。

私は建設部に配属された。

当時、会社は建設に力を注ぎ、重工本社の特別相談役・相川賢太郎氏の指示で建設部はゼネコンに取り組み始めていた。

建設担当はY常務取締役で長船から原動機技術センターに来て建築課長をしていた。建設部長は新宿にある重工のMCEC（MHI化学ケミカルエンジニアリングセンター）から来た土木屋S氏、配下の技術者は会社のプロパーと外注だった。

技術を補強するためにスーパー大手ゼネコンから専門部長として現場の経験者二人（建築と建築設備）の技術者が来ていた。

Y常務とS建設部長は設計畑を歩み全く建築の建設現場を知らなかった。

現場の技術要員はプロパーの専門部長二名、プロパーの社員は途中入社の四十歳前のK主務（課長格）と新卒入社の当時二十八歳を頭に、毎年一人ずつ採用して五人いた。

Y常務は私に「思い切り受注しろ。現場の建設は何とかなる」と言っていた。

私は驚いた。建設の技術にこそ濃密な技術が集積している筈なのにと。

私が入った年に横浜の関内でマンションを受注した。自社不動産開発部発注で設計施工のマンションだった。

横浜の関内には三十を越える反社団体の事務所が有り、横浜支社長の西浦さんが心配して、関内の警察に挨拶に行ってくれた。西浦さんは横製の総務課長の経験があり、地元の事情に通じていた。

現場の所長は広瀬専門部長だった。

現場からの報告で見に行ったら、土留めの切梁が曲がり、崩壊しそうだった。

直ちに関係者を集め、対策会議を開いた。建築工事は従来重工社の社宅などの施設でもゼネコンとのＪＶが多かった。私が出向した頃から単独のゼネコン出身のベテランが所長をする親会社の社宅工事で直営工事を始めていた。

関係者に状況を説明して各人の意見を聞いたところ、Ｓ建設部長が「我々がするのではなく、会社の人たちに任せておけばよい」と言われた。重工社出身でＳ建設部長の前の建設部長は機械技術者で工事に直接関与できないことは理解できるが、土木屋のＳ建設部長もその慣習を踏襲していた。

Ｓ建設部長の出身元であるＭＣＥＣの土木建築グループでも建設工事はゼネコンに外注、責任者のＹ常務は原動機技術センターから来ており、原動機技術センターは基本計画をする部門なので、相川特別相談役が望む「ゼネコンになる」のリーダーには相応しくなかった。

建築のO専門部長は大手ゼネコンで建設をしていたとのことだが、優良な外注を多く使うため総論は判っても、山留対策の具体的な案が出なかった。

S建設部長が言うように会社の人達に任せたいが、出来る人が居なかった。私は緊急を要するので直ぐに関内の現場に行き、広瀬所長に切梁の補強と必要な新しい切梁の設置を具体的に指示した。

現場は安全に治まったが、広瀬所長との雑談で、地回りが来て金をせびるが、怖くて断れなく自腹を切っているとのことだった。

建設部長に地回りの件を報告して処理した。

関内のマンションは立派に完成した。

社内では重工から来た者には緊張感が無く、プロパーの人達はこれまた重工からの者とは馴染まず、別世界を作っているように見えた。

建設部長は定時になるとどんなに忙しい時も必ず帰り、途中でゴルフの練習場かトレーニングジムに寄り汗を流して帰った。ゴルフは会社では一、二を争う腕前、Y常務もゴルフが上手で建設部長と一、二を争っていた。

出向した年には記憶に残ることが有った。

重工では横製資材部長だったH君が営業専門部長で居た。

彼にもゼネコンに取り組めと言う特別相談役の意向が浸透して、官庁工事の営業の世界に飛び込み営業の約束事を知らずに、思い切った安値で東京白幡の官庁工事を受注した。

K主務が所長になった。

営業は官庁工事の営業の約束事や営業のルールを破ったことへの修復に大騒ぎをした。

工事は官庁の仕事の手順を知らないため、施工図の承認を取らず、使う材料のサンプルを提出しないで工事を完成させた。

役所からクレームが有ったが、建物が出来上がっているので叱責で済んだ。

K所長は国立大学の建築学科を卒業し途中入社した天真爛漫な男だった。

重工から来た管理者が社員に指示することがなかったためか、私の言うことを全く聞かなかった。

身長一八〇㎝を超え体重八〇kgを超える大男だったが一喝した。「どうしても言う事を聞けないならば、俺と勝負するか！」とやったら、O専門部長が「本当に掛かってきたらどうする気ですか？　あの人は何をするか判りませんよ」というので、「先方が手を出したら、一発でのしてやるつもりです」と答えると、「オー！」と言って絶句していた。私は五十六歳になったばかりで、まだまだ彼に敵わないとは思わなかった。

私は出向して専門部長でありS建設部長が責任者だったが、建築の専門的な内容についてははっきりと意見を言うようにしていた。

2. 初めての海外旅行

秋になり、重工で忙しく休暇が取れなかったので、持ち越しとなっていた、永年勤続旅行に行くように願い出た。出向後でも定年旅行が出来ると言う事だったので、会社から旅行の費用が出た。

旅行先にイタリアを選び、家内と出かけた。初めての海外旅行でツアーメンバーは我々と同年代より少し上の退職した夫婦が主だったが、中には独身の一人参加の若い男女も居て、それぞれにグループを作っていた。私たちは初めての夫婦外国旅行で全てに物珍しかった。

旅行社が決めたコースで名所旧跡を辿った。ミラノでは大聖堂が特に印象に残り、ミラノの街では名品店をめぐり、娘達へのお土産、家内のバーバリーのコートを買った。大聖堂の前に居た沢山の鳩が印象的だった。長男が三歳頃に上野の博物館の前の広場で鳩を夢中になって追い回し、ハッと我に返り私を探して急に走り出したことを思い出していた。

イタリアでは印象に残る旧跡の思い出が沢山有るが、アッシジが地震の影響で入れなく遠目に見てそのまま帰って来たことが妙に記憶に残る。後にT社長に話したら、あの年に行ったのかと言われ、社長に西洋文化への造詣の深さを感じた。

イタリアは個々の史跡も感心するが、驚いたことは延々と続く田園風景の中で偶に民家の新築工事を見たが、完成に近い住宅はそれぞれにデザインされており感心した。外からしか見えないが、中に入って見たい衝動が何度か湧いてきた。

乗っている観光バスが都市部に入ると、工場の建物にもデザインの工夫が有り、色彩に配慮がされており、イタリアと自分が育った環境の違いを感じていた。

ハプニングが有った。

帰国のためローマからミラノ経由で羽田行きの飛行機に乗った。

動き始めると間もなく猛烈にガタガタガタガタという航空機全体が激しく振動した。

飛行機が上空で水平飛行をする頃、ふと窓の外を見ると翼の先端の後ろ向きの直径五〇㎜くらいの放出口から茶色の液体が捨てられドンドン水平に流出していた。

考えると、どうも燃料以外には考えられない。

乗組員の様子を見ると、心なしか緊張していた。私は何か問題が起きたと思い、直ぐに飛行機の扉を滑り台にして海上に滑り降りることを想定して、家内に上着を着こみ、イタリアで買った手袋をするように言った。家内は怪訝な顔をしていたので、小さな声で伝えた。家内の向こうに座っている老人にも小声で伝えさせた。

間もなく乗務員が乗客にシートベルトを着用するように指導し始めた。ミラノ迄約一時間の筈だが、一時間過ぎても着陸しない。

乗務員が緊張した面持ちで室内を歩き始め、往き来する乗務員の数が増えていた。

室内の乗客たちが不穏な雰囲気を感じ始めていた。

室内の緊張が漲ってきたかと思う頃、機内の放送が有り、ローマを出た時に航空機の竜骨に傷を負った疑いがあるので、ミラノには着陸しないで、ローマに引き返すと言った。

窓の外を見ると茶色い液体の放出はなく、下を見るとミラノ空港らしい飛行場が見えたと思ったら、機内放送が今ミラノ航空の上空だが、このままローマに引き返すと言う。

一時間ほどでローマに着陸したが、ローマの滑走路の両側は緊急時に備えて消防車や救急車と大勢の人々が列になっていた。

無事に着陸すると室内に一斉に拍手が湧いた。

一晩ローマで過ごして翌日、日本に向けて出発して今度は無事に帰国した。

ローマでの一夜にも珍しい経験をしたが、割愛する。

3. 運転免許取得

平成六年九月、三菱重工業から関東菱重興産（関東菱興）に移籍。

イタリア旅行から帰国して、会社から数十ｍのところに自動車教習所が有り、運転免許取得に挑んだ。

免許は大学を卒業するときに、貯めていたお金で取ろうと思っていたが、一眼レフカメラが欲しくなり、矢も楯も堪らず買ってしまった。

金が無くなったので、就職してから取ろうと思ったが、就職すると取りたいと思いながら、奥村組でも三菱重工でも取る時間が無かった。

これが最後のチャンスと、申し込んだが練習の予約に時間が掛かり大変で、勤務時間中に申し込めないので家内に自宅から電話で申し込んでもらった。

当時はマニュアルとオートマティックの二種から選ぶことになっていたが、私はマニュアルを選択した。

歳をとってからの受講で幾つかのエピソードが有るが割愛、所定時間より少し超えて合格した。

免許取得後、都会での運転の練習は難しいと、会社の夏休みに数日間泊りがけで北海道に家内と旅行して、午前中は私が、午後は私が昼に飲むので家内が運転して、三回ほど旅行した。新婚旅行も十一日間の北海道旅行だったので、北海道の地理には明るくなった。

旅行中運動靴で登山して、山を甘く見るなと登山者から小言を頂くなど、エピソードも沢山あるが、割愛する。

4. 建設部長

次年度に入り、平成十年四月一日付で建設部長になり、S建設部長と交代した。

六月の取締役会で取締役建設部長となった。

建設部長着任後間もなく設計施工で都内の重工の大型社宅が完工したので、早速現場を見に行った。

驚いたことに専門部長の所長は飛島建設に居て大変お世話になったT部長だった。Tさんは横製時代に九州長崎の混乱した現場を東京から行って部長職ながら現場で陣頭指揮を執って混乱を収めてくれた人で、当社に居るとは心強かった。信頼に値する人物でこの時初めてTさんの在籍を知った。

この年O専門部長と同じ大手ゼネコンから横浜の建築部長だった六十六歳のF専門部長が入社した。

5．配筋の問題

建設部長着任後暫くすると、三菱重工本社の建設部に投書が入り重工の建設部から主任が投書をもって来訪した。投書の内容は現在建設中の重工の社宅に使われている主筋が誤っていると言うものだった。

その投書は地上の軀体と地中梁の主筋が違うはずなのに同じ物が使われていると言う。

現場所長の山本専門部長に聞くとそのようなことはないと断言する。

山本所長は民間の設計事務所から横浜営業所に入社して、横浜造船所（当時）の金沢工場建設に携わり、本社に転勤、専門部長となって建設部に所属していた。この時初めて山本専門部長の存在を知った。

私は設計部の構造設計の取りまとめをしていたO主務と一緒に東京都の担当部門を訪ねた。

彼は数年前にゼネコンの設計部から転職してきた、構造設計者だった。

都の担当者は参事で課長格だと言う。

私は現場が問題ないと言うので、自信をもって臨んだが、担当の参事は長年現場を見てきたベテランで、写真を見せたら、「丸山さん、投書の通りですよ、如何します」と言って写真を示した。私が持参した鉄筋の写真に写る刻印は明らかに間違いだった。

このように内部のことを詳しく知っている投書は内部告発を疑っていたが判らなかった。

既に躯体は三階のコンクリートを打ち終わり、大規模工事のため都の配筋検査が済んでいた。

私は帰社してO主務に現状での構造計算をやり直させたところ、九八％で二パーセント鉄筋量が足りなかった。

計算結果が出たら都も心配で電話がかかって来た。足りませんと言う以外に返事のしようがなかった。

何度もT社長も参加して対策会議を開いたが、名案が無く行き詰まった感が有った。

私は何度も対策案を出したが解決しなかった。設計では基礎と建物を完全固定だが、実験では少しロッキングしていると言う話を横製で聞いたことを思い出し、鉄筋コンクリート設計基準に記載の実験データ値をロッキングさせて計算したら、現在使用中の鉄筋は余力が五パーセントあることになり問題は解決した。

6. 建設事業の管理・営業・戦力

建設事業の経験から従来の会社プロパーの言う通りにすると言う方法では、重工本社の相川特別相談役の強い要求でゼネコン化して独自で受注することは不可能で、正しい建設手法で建設しなければ経営できないと思った。

手持ちの戦力は（実力は全く分からないが）

①K主務、一人

②新卒プロパーの社員は二十九歳を頭に一年毎に入社の五人。

③S社から来た六十歳を過ぎた専門部長建築二人、設備一人、飛島建設から来た専門部長、プロパーの設計出身の山本専門部長、環境装置の現場監理をしていた広瀬専門部長、六人

合計十二人である。

建設営業には横製鉄構部門の営業部長経験者の営業部長が居た。

一緒に食事をする機会が有り、話題に出たのは、現在大きな営業に取り組んでいる、Y常務と一緒に進めているが、茨城県某市の次回市長選で必ず当選する候補が居て、ある土地に大きな建物を建てる予定が有り、「その予定地を今の内に買って置こうという作戦、丸山さん営業はこのように大きくしなくてはなりません」という。荒唐無稽な話に聞こえた。

間もなくその営業部長が病気でお亡くなりになった。替わって重工本社から来た営業部長経験者のHさんが営業部長になった。

土地購入の話はそのままになってしまったが、後年、Y常務が退職した後に会社の不良資産を

調べたら某市に土地が有り、期待した人は落選して、買ってしまった土地は二束三文の不良資産となって残っていた。

新しい営業部長は私が建設部長就任後間もなく、知人が賃貸住宅を計画していて、横製の先輩で東大出の専門部長と、その住宅を請負いたいと言う。私は基本的なことを聞いて常識的なことを調べていないので、この商談は受注しても建設部は施工しないと言った。大きな不満が残ったようだったが、基本的な信用事項が解決していなかったので止むを得なかった。

H営業部長は行きつけの飲み屋のママが青山の土地にマンションを作ると言う。Y常務と語ってこの小さなマンションを設計施工で受注して、現場の所長にK主務を充てた。建設部長の私はこの商談の受注、所長選任には関与していなかった。

工事が進むにつれて、現場で客先の求めに応じて所長の独断で設計変更した。

その後、設計担当からの訴えで建築基準法に反する点が幾つかあると言う。私は法に適合した建物に作り替えて引き渡すべきと、関係者の会議で強く主張した。

ところが、Y常務とH営業部長は、施主のママと話し合って齟齬が有れば当社が責任を持つという条件で引き取ってもらうことに決めてしまった。

Y常務に直接「我々が去った後、後輩たちに迷惑はかけられないから、引き渡す建物は法に従っていなければならない」と説いた。常務はその場は「そんなこと！」と私の意見を一蹴したが、覚書を交わしたと言う日から一週間後に「君の言う通りにしたい」と言って来た。私は関与していなかったので「今更できるのですか？」と聞いたが、そのままとなった。

後に所長のK主務はカラ出張が発覚して依願退職することになった。

後年、青山のこのマンションの話題が出て、持ち主のママがこのマンションを売ることになり、売却に齟齬が出て、約束通りこのマンションを建て替えたと言う。Y元常務に本件を話したら全てを忘れていた。

私に遅れること一年、横製で経理部長だった、大学同年の昭和四十年卒のMさんが京都製作所の副所長から常務で入って来た。同じ事業所だったが彼の人となりは知らなかった。

彼が入社して来た時、京都製作所の安積所長が彼を相手にしてくれなく困ったと言う話をしていたのが、気にかかった。

彼が入社して、上位者となった。

大田区内の隣接する二棟のマンションの受注があった。Y常務がデベロッパーの知人が図面を持っていて、聞けば施工業者を探していると言うので受注することにしたと大田区の二棟の小さなマンションの図面を持ち帰って来た。見積もしないのに路上で独断だった。全く驚いた話と思った。

関係者が呼び集められ、会議が開かれた。二棟の所長にT専門部長が任命され、若いプロパーの社員が各現場に二名ずつ配置された。

会議の終わりにY常務は「施工能力は心配するな」と私に言うので意味が判らなかった。施工能力はゼネコンをするには大切で、我社には大手ゼネコンの社員より高い施工力が必要、と私が日頃言っていることに対する彼の考え方だろうと思った。

この二棟のマンションはTさんが所長なので問題ないと思っていたが、その後躯体が打ちあがった頃に、T所長は突然体調が悪いので退職したいと言い出した。私は何とか留まってもらいたいと慰留したが、意志は固く退職して行ってしまった。

暫くすると、二棟のうちの一棟が柱の配筋の向きが九〇度違っていることが判った。

配筋検査の写真でも、間違っていることは明確だった。

F専門部長が元東大教授で、芝浦工大の教授をしている先生と知り合いだと言うことで、相談に行った。我々の被覆を取り除いて主筋を補強してレジンコンクリートで被覆すると言う案は、理論的には可能だが、好ましくはないと申される。

建て替えては時間が間に合わないので、施主のデベロッパーに相談に行った。

先方は工期に間に合えばよいと言うものではなく、それだけの大工事をしたら外に漏れ販売に差し障る。

そのような瑕疵の有る建物を秘密にして売れるのか、買い手に分かれば商品価値が無くなると言う。

会社の信用は大きく落ちた。困ったまま正月休みに入った。

O専門部長がデジタル写真を改ざんして修正すればよいと言い出した。私はそんなことは出来ない、そんな不誠実なことはダメだと言って抑えた。

休暇中に余力がある建物であることに気が付き、現状のまま構造計算をすることを思い立ち、休み明けに構造計算を頼んだ。

構造計算をやり直したら幸い耐力が有った。改めて計算し直したがやはり耐力が有る。

施主に設計変更を願い出、問題は解決した。

7. 大宮の社内工事

大宮に社有の事務所建築を設計施工で建築した。鉄骨造で外壁はカーテンオールだったが、小さな建物で九階建。Y常務に外壁は社有の大理石を使えと言われた。社有の大理石とは三〇cm角の厚さ一・五cmくらいの紫がかった色の外国産大理石だった。

設計に自由度がなく設計者に気の毒だったが、その大理石はY常務が買って、倉庫代が掛からないと言うことで、いずことも知れない所に預けてあると言う。

この大理石が後年問題となった。無料の倉庫代と言うことで預けてあり、Y常務の退職後無料だった倉庫代を支払ってもらいたいと言って来た。

私はそのような石材を倉庫代まで払って持つ必要がないので廃棄することにした。

その話を聞いて、退職したY元常務が現れ有料で引き取る相手を探すから暫く預かって置いてくれと言って来た。

何時有料で引き取り手が現れるか知れないので、倉庫代が掛からない神奈川県旭区の社有地に移し保管した。

石材は大宮で使った石のほかに何種類かの石が有り、大型トラック二台分の量だった。

暫くすると引き取り手が現れ、持って行ってもらった。

私の代で不良資産が無くなり安堵した。

Y常務についてはT社長が唐突に「建築工事を受注するためには、Y常務の多い交際費は必要なのだ」と独り言を言ったことが有った。

Y常務は退職が近付いたころ、自宅を会社の住宅部門に設計施工させた。T社長が私に「Y常務は違法建築を設計させていると聞いた」と言う。

住宅は私の所掌外なので、Y常務は会社の建築の責任者であり、あり得る話ではないと思ったので「まさか……」と言って何も答えなかった。

暫くして、住宅の課長が原図を整理している傍に佇んで考え事をしていたら、問わず語りに「順法精神で設計しています」と言う。何を馬鹿なことを言うと思ったが、Ｔ社長の言葉が気になった。

完工した住宅の二階の屋根は珍しい四十五度の急勾配屋根で大きな天窓が有り、不自然に大きい屋根裏空間は居室に使える大きさだった。

これらのことからＴ社長のＹ常務への信頼度が推し測れた。

8．経営と営業

重工の北陸支社長から、Ｔ社長に電話が有り、北陸の自治体の物件の建設でＪＶに当社が参加できるように営業したと言うことだった。社長はたいそううれしそうだったが、地方の自治体の物件はＪＶのスポンサーと称する大手ゼネコンが指導して、地方の地元ゼネコンを育成のために組み込んで建設すると言うことが一般的で有った。

このＪＶに当社が参加出来る理由はなかった。

もし受注したとしても参加理由を指摘されたらたちまち破綻して、新聞種になればたちまちスキャンダルになる。

丁度その頃は政治家と建設工事の関わりが問題になり、話題にするには好都合なこの地域に大物政治家が居た。社長に断るように話したら、不満げであり、「今更、断れないだろう」と言った。

私は「断る、断らないは社内の問題。断るべき」と強く主張した。

この支社の営業担当は私が横製に居た当時の部下でもあり、心情的には辛かった。

T社長は原動機の設計の出身、北陸支社長は原動機営業の出身なので私の言うことが判らないようだったが、納得してくれた。

9. 問題案件

東京都の郊外にマンションを建設した。発注者はデベロッパーのN社で、前にも何件か商談が有り、懇意にしていた。

工事の内容が難しく、工事の責任者もスタッフも居ないので、私はF専門部長と一緒にこの工事は難しい、コストも厳しく、施工するにはスタッフが居ないとT社長に受注辞退を進言した。社長は了解した。

ところが数日後、会社として受注することにしたと言う。

二人で社長に技術的なことは全て伝えてあるので、それでも受注すると会社が決めたことだった。社長が知っているにも拘《かかわ》らず受注すると言うので、兎に角工事に最善を尽くして施工して結果を見せるしかないと判断した。

この時は社長が何も説明せずに結論だけ言うので全く事情が分からなかったが、後で判ったことはM常務が事務屋の見地から受注を主張してT社長は説得されたのだった。

M常務は社会も現場のことも全く分からない人で、私には自分が上位者だと言う権勢欲が強かった。

各種の会議に出席して、根掘り葉掘り時間を忘れたように何時までも聞き、結論が出ないか、荒唐無稽な内容を言うのであった。

しかし、現実の世界を知らないT社長は「M常務は優秀だ」と言って高く評価していた。

M常務は驚いたことに自分の経験が事務系の仕事の筈だが、役員会でも真っ先に現場の管理を言い出し、纏まりがつかない結果になった。

自分は偉いとの認識が強く、何を決めるにも自分が知らないと文句を付けた。

私は、この物件が社内だけでは施工は出来ないことは判っていたが、良い外注社員を雇えば工事が出来ないわけではないかも知れないと思った。

結果を見せないことには、ただ単に保守的に拘泥するより試してみるしかないと腹を括った。

起用出来る手持ちの社員は入社四年目が一人、二年目が一人の二人だった。

募集を掛けたら、下請け業者が中堅ゼネコンの所長経験者を連れて来た。

F専門部長と山本専門部長、私で面接した。少し緊張感が足りない男と言う印象だったが、履歴書の工事経験についての質問に対しての応答は特に悪くはなかった。

採用して、このマンション建設の所長にした。S社で現場一筋から部長になったF専門部長に現場をフォローするように頼んだ。定期的にF専門部長に現場を訪ねてもらった。

F専門部長の報告は工事順調とのことだった。

次の年の三月が引き渡しなので、十一月半ばごろ現場を見に行った。順調という報告なので特に問題意識をもって行った訳ではなかったが、現場を見て直観的に来年三月中旬の引き渡しは難しいと思った。

外注の所長に現状を聞いて、工程をフォローした。

現場の工事の読みは甘く、工程表は非常に雑であった。躯体工事が終わり、仕上げ工事に入ろうとしているのに、仕上げ工事の材料の手配が煮詰まっていなかった。

この所長は工程表を描く技量が無いと判断した。F専門部長に聞いたら、まだ間に合いますと言うだけで、明確に具体的な説明は出来なかった。

私は直ちに現場に行き、工程を掌握して工事を間に合わせてくれるようにF専門部長に頼んだが、彼には工程を管理する力量はないと判断して、別の工事の所長を務めている山本専門部長に現場の把握を頼んだが、本人の現場も大変なので、私自身が現場に行って、直接管理する腹を決めた。

社長や常務他幹部に事態の急を説明したが、F専門部長は相変わらず間に合います、の一点張りで、恰《あたか》も私がマッチポンプをしているような雰囲気になった。

以後は現場と会社を繋ぐお使いのような役割をF専門部長に頼んだ。

三月中旬が引き渡しなので、他の現場も追い込みになっており、作業員も仕上げ材量も不足で、現場から会社の資材担当に連絡して頼んだ。

作業員増員は知り合いの三菱建設の八木常務に頼んでみたが、とても無理だった。

家内が住宅リフォームの設計をしていた会社に頼んで、下請けにも声を掛けてもらったが、私達の現場は世に言う野帳場、先方は町内帳場で職人は探せなかった。

関西の菱重興産に頼んだら、職人を回してもらえると言うので、高い日当に旅費と宿舎代を払って来て貰った。

材料は会社の資材担当が折衝して決めていてはとても間に合わないので、私が現場に居て、業者が来たらその場で値段を決めた。

工期が間に合わなければ、このマンションに入るために自分の家を処分した人、賃貸住宅の契約を解約してこのマンションに入るために来る人達のことを考えると、緊張は頂点に達した。

血圧が高二二三～低一二三にも上がっていた。病院に行って降圧剤を貰ったがなかなか血圧が落ちないので、何種類かの薬を飲んだ。この時以来血圧の降圧剤を飲むようになった。

このような緊急事態になっても、会社には相談相手が居なかった。

F専門部長は対岸の火事、社長を説得して受注を決めたM常務は別世界の人、社長は気を揉んではいたが相談相手ではなかった。

会社内も工事が間に合うか「ヤバイ!」との認識は判ったようだが、それだけのことだった。

引き渡すには検査済み証が必要だが、従来通りに役所では検査をお願いしてから来るまでの時間が掛かり、とても間に合わない。

そんな時に、三菱建設の八木常務は検査済の検査が出来る民間機関が出来て、依頼してから短期間で来てくれるという。

お願いして引き渡しの二日前に検査済証を貰った。

まさに薄氷を踏む思いだった。

赤字額は膨大で受注時に技術の言い分を無視した代償は極めて高いものになった。

M常務は本件には何も触れず、恰も技術側の責任と言う姿勢だった。

T社長は先輩のY常務と一年間ラップしていたので「現場は何とかなる」という考えがT社長

に浸透していたのかもしれない。

この一件が済んで、社長の任期はこの年の六月と決まっており、後任人事が漏れ聞こえて来た。「丸山さん、私が居なくなったらM常務と仲良くやってもらいたい。M常務は優秀だ」という。私は以前耳にした京都製作所安積所長のM常務への対応から、所長は恐らく現場で鍛えられた方なのだろうと思っていたので、M常務のことを良く見抜いていたのだと思い「ハイ」とは返事が出来なかった。

いよいよ社長退任日が近づいた時、M常務から「丸山さん、今後は互いに協力してやりましょう」と言って手を出して来た。私はこんな男と協力すれば会社に迷惑を掛けそうで、とても一緒になどできないと思い、手を出さなかった。

この年の六月にT社長は深い悔恨を抱いて、二度と会社に顔を出せないと言って社を去った。新しい社長は昭和四十年卒の長船原動機営業部長・機械事業本部取締役副本部長から転出したK社長だった。相川特別相談役の直臣である。

K社長も卒業年度が同じで、M常務にとっても同期であった。M常務はK社長に従ってよく仕事をしていた。

K社長が「君がM常務と協力したら、強力になるのだが……」と言うことが有ったが、敢《あ》えて答えなかった。

M常務と私は揉めることなく、他の者には気が付かないように自然な雰囲気で仕事をしていた。

10. 追加工事の不当な高額請求

その時、建設部の関係者と会議をしていた。

下請けである左官屋の社長が孫請けのO氏と一緒に午前十時頃会議中の会議室に入り込んできた。

O氏は現場で追加工事が発生しているが左官屋が払えないので、左官屋の社長と共に元請けである当社に追加工事費の請求にきたという。

「追加工事費は三千万円で元請けである御社が払ってくれ、もし払ってくれないのであれば、『留置権』を主張して現場を止める」と言う。

彼一人が話していたが、誰も話に乗らず気まずい雰囲気で時間が過ぎた。

昼食に出て戻ってくると、私に向かって「ねぇ、部長どうですかね」とO氏に話しかけられて驚いていると、昼食時に左官屋の社長から私が建設部長であることを知ったと言う。

私は「当社の発注先の左官屋とは話すが、孫請けの貴方とは話す気はない」と答えた。

会議室には関係者が八人いて、彼は一人で話し続けていた。

夕方、「喉が渇いたので、お茶をくれ」と言う。私は暴力団にお茶を出すと、迎え入れたことになると聞いたことが有るので、黙って横を向いていた。

そうしたら、営業の次長に「おい！　お茶をくれ」と。

次長は私の方を見たので、喉が渇いて気の毒なので知らぬ顔をした。

O氏は誰が言ったのか知らないが、有名なY組の端に繋がる人だったと言う。

彼は粘っていたが、一向に話が進展しないまま、夜の八時ごろになって「部長！　もう随分話したでしょう。意見を言ってください」と言うので、「私は初めから結論を言っている。下請け以外とは直接話さない。意見は変わらない」と言ったら、怒り狂ったように立ち上がり、「それでは現場を止めろと言うのだな！」と言って出ようとするので、背中に「現場を止めないでください、お願いします」と話しかけた。

翌日、現場は「留置権」と書かれた紙を貼って、工事が止められた。

現場が止まって工事が進まない。現場の担当は怖がって委縮していた。

F専門部長が調べたところによると、この種の言いがかりは大手のゼネコンにもあり、工期が無くなるので、大概は要求を吞んで工事を進めていると言う。

私は施主が社内だったので、調べて工程を調整して争えると思い、会社の顧問弁護士である書《ひる》間《ま》弁護士に相談した。書間先生は裁判で争っても間に合いそうだという。

争うには証拠を残して、裁判所に提出すれば有利と言うことで、山本所長に彼が訪れた時の会話を録音してもらい、私が文字起こしをして、晝間先生に提出した。

頻繁に晝間先生の事務所を訪ね、先生に現場の様子を報告して打ち合わせた。

伝手を求めてお願いして元警察公安OBが来てくれた。このOBは先方とは取締役の私ではない代わりの者に折衝してもらいなさいと言う。代わりはF専門部長しかいないが、本人にはその気はなく、怖がって出てこない。

「代わりが居ませんので、私がするしかありません」と答えたら、「それでは十分気を付けてください」「電車に乗る時は何時もの利用駅の一つか二つ手前で降り、降りた者を記憶して、次に利用駅を乗り越して先に降りた時に見た者が居ないことを確かめて、居なければ利用する停車駅に戻り降りなさい」と言われた。

面倒なので実行はしなかったが、家に掛かって来た電話には家族が出るようにしていた。

この件はK社長に毎朝報告するようにと言うので、朝にK社長に関係者と報告していた。

M常務が陪席して、あれこれ聞いて現実離れをしたようなことを言い、午前中は仕事にならないので、社長に「本件は私に任せてください。毎朝の報告でM常務の質問に答えていたのでは午前中が潰れて仕事になりません」と申し出てからは、毎朝の会議が無くなり仕事が順調になった。

裁判の前に裁判官が両者を呼んで、双方の意見を聞いた。それを審尋と言うそうだ。

この時、わが社の関係者と一緒に行ったが、怖くて発言できる者が居なかった。先方はこの日、顔を合わせた時に「部長、お手柔らかにお願いします」というので私は「冗談ではない、此方こそお手柔らかに願います」と返した。

審尋が始まると「造船所から来た、造船屋は建築のことは判らない」「造船屋は引っ込め」と大声で言うので、私は「私は建築屋であり、本件については私が一番詳しい」と明確に答えた。「造船屋」と呼ばれたのは、昔横浜製作所は造船所で造船をしていたためである。先方からすれば「お前の素性を知っているぞ」と言う示威だったのかもしれない。

そうしたら、裁判官が怒気を含んで「静かにしなさい、此方の問うことに答えてください」と言い、大した質問もなく終わった。

審尋が終わったら、晝間先生が「この裁判は勝ちです、裁判官が怒っていました」という。私が、「私も怒られたのではありませんか」と聞いたら、「部長ではありません、怒られたのは先方です」と言うことだった。

月末には工程に支障が起こることなく結審して、我々の勝利だった。

この緊迫した問題が解決して、山本所長と二人で祝杯を挙げた。

山本専門部長はいろいろな問題を解決する打ち合わせに何度も出ており、私の問題解決の姿勢を見て「丸山さんは我社を救うために神が遣わした使者ですね。何度も会議をして、自分が出した提案がダメになると、また次を考えて来る。今度はもう諦めたかと思うと、また考えて来る。今までの重工から来た人たちとは全く違う」と言っていた。

この年の六月の役員会で顧問となった。

11. 関連会社を去る

私の関連会社での大苦戦は終了するが、その間を振り返ってみたい。

①住宅の建築

相川特別相談役の家を当社がY常務の責任のもと建築していた。

その後T社長になってから、次の親会社社長で長崎原動機の相川特別相談役の後輩であったM相談役の自宅を当社が設計施工した。

完成後、工事費が滞っているので、T社長はM相談役の家に督促に行った。M相談役は前任者と同じように要求したようだが、T社長は「それでは、会社が貴方に贈与したことになり、極めて不合理」と言ったら、M相談役は「お前、私を恫喝するのか」と言うので、「そんなことは有りません、当然のことを申していますす」と言って集金してきた。（T社長談）

T社長は正義感が強く、博識で人柄も良い人だった。しかし、建設を自分の体験した原動機の設計を敷衍した範囲でのみ理解して、現実の建設を理解できなかったことが我々にとって不幸であった。

②ゼネコン事業について

ゼネコンは現場で知恵と経験を積み重ねた人材が経営を左右する難しい事業である。

現場の技術の難しさは先にも触れたが、具体的には台湾の新店の工事で、台湾N社の日本の親会社は大手ゼネコンであり、その社員である日本人スタッフ達でもごみ焼却炉建屋建設工事が出来なく、所長を交代したことからもその難しさが判ると思う。

ゼネコン事業の重要な点は、ゼネコンの資産は人材と優れた下請けにあることである。

前川建築設計事務所に勤めていた友人は、最近は大手ゼネコンでさえ陰りが出て、省力化により個々の技術者の技術力が落ちていると言う。

調達についても実績が物を言う。私の事例を示すと

私の経験で輸出用の鉄骨工場の資材一式を準大手のゼネコンに引き合ったら会社の経費を含めても、横製の資材部が引き合った価格より安かった。横製は一元の客であり日頃から取引のあるゼネコンとの違いを痛感した。

また、当社が鹿島建設とJVを組んだ時、鹿島建設は材料の単価を教えてくれなかった。所長に自分たちが買う鉄筋価格の一割を引いた値段を言って、此れより高いか、安いかと聞いた時、彼は「我々の方が安い」と言っていた。集中購買の強さを如実に示していた。

当社のゼネコン業は相川相談役の個人的な希望であり、「人材」も「下請け」も「調達力」もない異業種の当社に在籍していた身内のY常務やT社長に希望を要求していた。Y常務やT社長は特別相談役の希望が我社の経営体質を変えることなくゼネコン化が容易に出来ると思ったことが不幸であった。

このため、建設関係者全員が受注工事完成のため死に物狂いの激務を要求された。

ゼネコンから来た専門部長たちは老後の時間を穏やかに過ごすべく入社したのであろうが、本人達の実力・期待以上の働きを求められO専門部長は大田区のマンション二棟のT所長退職後に残る仕上げ工事の所長を引き受けてくれた。

F専門部長は、工期の厳しい現場と会社の連絡係を建築技術者としての知識を活用して努めてくれた。

建設部の山本専門部長や若い社員や外注社員、資材調達グループの誰もが懸命に限界を超えて働いてくれた。

T社長は知力、胆力を備えた方であったから、ゼネコン業を理解できれば特別相談役の希望を阻止できたと思うが、設計出身でゼネコン業を理解しようとしなかったことは誠に残念である。私としては何度もT社長に設計と現場の違いを説いたが力不足で説得できなかった。

T社長は前述したように退職後に合わせる顔が無いとOB会に出てきていない。

今、改めて当時を俯瞰すると、相川特別相談役は現役を離れた言うなれば隠居であり、会社のオーナーでもない人が異業種である関連会社の経営に身内を通じて大きな影響を及ぼしたと言う不思議な一幕であった。

12. 油彩画を始める

私は退職前の五十九歳から隣の重工の関連会社の社長・藤井さんから「退職後に備えて絵画をやらないか」と誘われ、月に二回十八時ごろから隣接ビルの会議室で油彩画を習った。

藤井さんは環境装置技術部に居た頃の直属の上司で機械工学科卒の大学の先輩だった。

絵画は高校の授業以来だった。先生は太平洋画会の会員だった松村先生が教えてくれた。

最初に油絵が良いと申されるので油彩の道具一式を買い、写真を見て描いた。

長く絵を描いている妻の玲子は絵を描くのに写真を写すのは好ましくないと言っていたが……。

私は関東菱興の顧問になっても絵画教室に通っていた。

第十章　定年退職後

1．法律

二〇〇二年六月に関東菱興の現役が終わり、その後の様子を書き留めたい。

まだ顧問の頃であったが、サラリーマンの時に何度も弁護士と相談した経験が有り、若い時の民法通信講座の経験から法律を勉強したいと思い神奈川県内の大学で聴講をしようと、授業科目を調べたが、一時限か二次限を一回／週でとても希望する内容には足りない。

司法試験の予備校で横浜駅前に「東京リーガルマインド」と言う機関が有ることが判り、説明を聞いてみると、受講料が年間三十万円くらいで、六法を受講できると言う。

司法試験の一次試験「択一」と、二次試験「論文」と言う科目が有った。

深く考えるには論文が良いかと思い論文を選択した。受講して判ったことだが馬込の社宅に居た若い頃に会社の通信講座を受講した「民法」は論文の講座と殆《ほとん》ど同じ内容で、この講座は六法を一年間で勉強する講座だった。

テレビで講師がテキストに基づいて講義をしてくれ、毎週講義範囲の論文テストが有った。

私は法律の解釈が判りやすく毎回百点満点の九十五点前後の得点を取り、講義の終盤では採点者から「がんばれ」などと応援のコメントが有ったりして、大いに気をよくしていた。

法律学者の唱えた〇〇説と言うような仮定のルールに則って事件を判断することは自分としては得意な感じがした。

法律はロジックを重ねるので「理科系だな」と思うようになった。関東菱興の顧問契約は論文の講座終了と同じころ切れ、年金以外の収入源が無くなった。

論文の講座が終わり頃になって、妻が司法試験の受験を奨めるので択一の講座も、次年度は受講した。

論文の講座と同じように、テレビの講座を視聴して毎週試験を受けた。

殆どの問題が暗記で、膨大な記憶量が必要だと判った。

それでも、記憶することが主眼なので難しいことはなかった。

記憶の量が問題なので合格するとは思わなかったが、司法試験に挑んでみた。試験場は早稲田大学の校舎だった。

暫くして試験の結果が帰って来た。自分の予想より低い得点だったので、内容を調べたら記憶だけでなく、引っかけ問題が多く、ケアレスミスの多い私にはもう一年すれば合格する自信が無かった。

家内はもう一年やってみることを勧めたが、司法試験合格が目標の泥沼が予想できたので、すっぱり司法試験挑戦は諦めた。

仮に司法試験に合格しても次に司法修習が有り、合格の結果はあまり期待できるものではないと判断した。

2. 塾講師

関東菱興の顧問の契約が切れて、法律の勉強をしたが司法試験を受験しないことに決めたら、仕事が全くなくなった。

何か仕事をしたいと思っている時に、サピックスという中学入試の塾講師の仕事が有ったので応募した。

採用に当たっては科目を特化すると言うので、算数を選び若い大学生などと一緒に東京の試験場で受験した。

算数を選んだ理由は自分の家の子供たちを教えた経験から、算数なら易しいだろうと選んだものだった。

幸い合格して勤務場所はサピックスに繋がる二子玉川駅近くの個人指導の塾だった。

私は小学校の三、四年を担当することが多く、子供のお母さんからの相談事を塾長から頼まれて相談に乗った。

ある時、小三の母親から「うちの子は成績が伸びない。睡眠時間を減らした方が良いでしょうか」と言う相談が有り、私は「今は成長に一番大事な時期ですから、睡眠を減らすなどとは考えない方が良い。十分に寝かせてください」と答えたことが有った。

気が付いたら、私は年配者で相談係として便利に使われ出す気配だった。

偶々、新聞に塾と父母との間にトラブルが発生しているという記事を読み、今更トラブルに巻き込まれてはたまらないと思い辞めた。

3. 建築学会

奥村組勤務時代からの友人・福島君に奥村組の先輩を紹介して貰い、建築学会の司法支援建築会議のメンバーに入り、建築学会で福島君と一緒に建築の紛争を早期解決するための活動に参加した。

4. 東京地裁建築専門民事調停委員

建築学会から東京地方裁判所の建築専門民事調停委員に推薦され、民事調停委員を七十一歳まで勤めた。裁判所は建築の紛争は調停に時間が掛かるため、裁判経済のために裁判所の依頼で建築学会が支援していた。

実際の調停にあたり、裁判官が事件の消化件数を多くするために、効率化を優先して実態の把握に欠けていることに抵抗を感じていたが、全体の効率を考えると止むを得ないのが現実の社会だろうか。

馴染めない内に民事調停委員は終わっていた。

5. ハローワーク

ハローワークで仕事の紹介先を幾つか尋ねたことが有るが、高齢者の就職は全く難しいことを痛感した。

ハローワークと言う公的機関を経由しても、一級建築士の免許で法が禁止している名義貸しを要求する会社や、雑役のようなことを安い対価でやれと言う会社が有り大変社会勉強になった。

六十五歳の頃ハローワークに行ったら鶴見駅近くの建築物調査をする（株）アミックと言う会社が顧問に一級建築士を募集しており、面接して採用になり七十二歳まで勤めた。

アミックには私の建築界の知識と伝手を総動員して会社のために尽くした。

この会社には、奥村組を退職した大学の後輩を含めた質の高い人材を紹介したり、東京の人材センターから人材を探したりした。

東京工大の卒業生で研究機関の研究員が、上司との折り合いが悪いと言う理由でアミックの募集に応募して来た者が居て、同じコンクリートの研究者で名古屋大学の准教授だった倅と知り合いだった。話をすると将来のある人材なので社長の意に反して今いる所に戻り、仕事を続けるように勧めた。

職場に戻った後、後年私立大学の教授になったと倅を通じてお礼の伝言が有った。アミックには不義理をしたかもしれないが、彼は有能な才能を社会に役立ててくれたと嬉しく思っている。

6.　絵画

司法試験から目的を変更して絵画を深めることにした。

絵画は田町にある三菱重工の関連会社の会議室で写真を見て描く絵画教室に物足りなさを感じていたので、二〇〇四年から横浜市民ギャラリーが主催する絵画教室に通い始めた。現役の有名な団体の会員である画家が教える初心者から中級者向けで、人物や静物の実物を見て描く講座で、いろいろと絵画の技能と知識を教えてもらった。月に二回の講座、新鮮な思いで通った。

デッサンは描けても、着彩が難しかった。

この頃右足首を骨折した。暫くは家に籠っていたので熱心に『イグアスの滝』を描いた。市民ギャラリーが主催する日曜画家展に『イグアスの滝』を出品した。

しかし、混色が苦手で、色環を頭に入れて、理論的に考えて混色したりしていた。混色が出来るように世界堂で色の三原色を買って、混色しながら絵画を描いたりもして工夫したがなかなか混色は難しく、妻が所属している日展の会員・湯山先生の水曜会に入って集中的に絵を描いた。

水曜会に入ったら、会社と大学の先輩である林覚次郎さんが居た。

暫くすると会社の四年先輩の喜早さんを連れてきた。

林さんは六年先輩だが、喜早さんは会社の友達と言って連れて来たが、戦争の余波で学年が遅れたが、同じ歳だと言う。

二〇〇七年ごろ、田町の絵画教室は写真を写す書き方で面白味がないので退会した。

大学の友人吉田君は屋久島に別荘をもって夏を過ごしていたので、家内と屋久島を訪れ案内してもらった。

屋久島でモッチョム岳をF20号で描いて、家に持ち帰り丹精込めて仕上げ、二〇〇七年の横浜日曜画家展に応募した。

横浜日曜画家展は二〇〇八年『カトマンドゥ』（F10号）で佳作、二〇一〇年モロッコのカスバを描いた『アイト ベン ハドゥ』（F30号）で日本経済新聞社賞、二〇一一年シリアの遺跡を描いた『パルミラ遺跡』（F30号）でクサカベ賞を受賞した。

市民ギャラリーの講座は市からの支援が無くなり、二〇一〇年からNPO法人「横浜美術友の会」として継続し、アトリエ21の白日会会員の先生方やほかの先生方も加わり高いレベルを維持している。

暫く「横浜美術友の会」の講座を休んでいたがアトリエ21の横浜で人気一番の広田稔先生の講座が出来た時から、抽選に当たれば受講していた。

二〇一五年ごろから自分の好きな絵が判ってきて、好きな絵を見ると胸の高鳴りを覚えるようになった。

7. 彫刻

私は絵画をやりながら木彫もやりたく木彫の先生を探した。

木彫をやりたい理由は中学の時、学校の授業で石鹸彫刻を彫る課題があり、『男』と言う題で全国中学石鹸彫刻コンクールに出品して佳作賞に選ばれ朝日新聞に名前を掲載された経験が有り石鹸の代わりに木を彫ってみたいと思った。

六十五歳頃木彫の先生を探したが、木彫の先生は見つからないが粘土彫刻の先生は沢山居た。困っていると妻が住宅のリフォーム設計で訪ねたお客様の家でおばあさんが木で仏像を彫っていると言う。

探したら横浜駅前の朝日カルチャーセンタに仏像彫刻を教える講座が有り申し込み仏像彫刻を始めた。二〇〇六年四月六十五歳だった。

小野直日《おのなおひ》先生と言う女性の先生で、彫刻家というご主人も一緒に教えていた。

小野先生は昭和四十年、私と同年に早稲田大学の文学部を出て京都の仏師・松久宗久師について修行され、デパートで個展を開かれ、仏師であるが、彫刻家でもあった。石膏像やテラコッタ彫刻なども造られていた。

基礎の彫《ほり》が済んで、初めて仏頭を彫った時は、先生から「ビギナーズラックかな」と言われた。

二〇〇七年ころ、仏頭が終わって立体の頭を彫れるようになった頃、横浜美術館に「市民のアトリエ」と言う部門を見つけた。美術館が場所と道具を貸してくれ、美術館のスタッフが木彫のアドバイスをするところと知り申し込んだ。

美術館は入手の難しい木の材料を安く分けてくれた。

職員で大学の彫刻科を卒業された木下先生とアルバイトの彫刻科の学生が我々にアドバイスしてくれた。

最初は桂の木で次女を『嫁ぐ娘』と言う題の高さ四十cm位の胸像を彫った。

次に長女、母、長男の首像を順々に彫った。

母の葬儀で遺影の横に母の首像を置いたら従兄弟姉妹たちが「写真よりこちらの方が叔母さんらしい」と言ってくれた。

朝日カルチャーではカリキュラムに沿って仏像を順々に彫っていた。

朝日カルチャーのカリキュラムでは時間が掛かり私のペースでは立像を彫れるまでには先が思いやられた。

二〇一一年四月、日展会員の桒山《くわやま》賀行先生の教室に入門した。桒山先生は木彫では日本屈指の彫刻家で、仏像にも精通して、彫りたいモチーフを自由に彫らせてくれた。

市民のアトリエでは比較的大きな作品を彫っていたので、美術館の木下先生から「庭木だった大きな楠を、美術館に出入りの業者が富士の御殿場に保管してあるが如何」と言うので、一mを買うことにした。

軽トラックで美術館の庭に運んできたが、軽トラック満載で直径一・一m長さ一・一mあった。

美術館に行くようになり、情報が広がり杉山惣二先生の「テラコッタの世界」という講座を美術館で受講した。

「テラコッタ」とはイタリア語で、テラは土、コッタは焼くと言う意味で素焼きのことである。

テラコッタ彫刻は粘土で像を造り、外の表面部分を残して中身を抉り取り、薄い表層を残して熱で割れないようにし、干してから窯に入れて焼いた素焼きのことである。瓦や植木鉢と同じ材質だ。

ヨーロッパの赤い瓦屋根もテラコッタである。テラコッタと言う言葉は学生の頃、建築材料の授業で教わったので懐かしかった。

木彫と比較するとテラコッタは短時間に作品が出来上がるのでこれもいいなと思うようになった。しかし、焼く窯が必要なので個人で制作するには窯の段取りが必要だった。

杉山先生の講座中に東京藝大の公開夏期講座、テラコッタを北郷悟副学長・教授が教えていることを知り、二〇〇九年申し込み抽選に当たり参加した。

8. 新制作展

藝大夏期公開講座のテラコッタ講座は北郷教授が主催、非常勤講師や助手や大学院生が教えてくれ、毎年受講して続けて六回受講した。

最初の受講の時は裸婦の胡坐をかいた座像だった。北郷教授が腕を前に下げて組んでいるモデルの両手を、途中で挙げさせて、手の下をよく見て造るようにとご指導されたのには、意外性のある発想で、現実的と感心した。

この講座で北郷教授が夕方回ってきて個別に指導する機会が有り、私もご指導いただいた。

この時「フォルム」と言う言葉が出て「フォルムとは何ですか？」と質問した。意外な顔をして説明してくれた。

帰って調べたら英語のフォームをフランスでフォルムという。彫刻や絵ではフランス語のフォルムを使うようだ。

第一回目の夏期講習は楽しかった。興味津々と言うところだった。

二回目の夏期講座で一人の大学院生が、会話中に「丸山さんと私とどちらが上手いか判りません」と言う発言が有り、美術館でも夏期講座でも話題に出る「新制作展」は高嶺の花のように思っていたが、手が届くかもしれないと、希望が湧き上がってきた。

木下先生に教えて頂き、横浜市のアートフォーラムあざみ野の陶芸窯を借りて、テラコッタ作品を制作できることが判ったので、新制作展に挑戦する気になった。

二〇一一年、乃木坂の国立新美術館で開催する新制作展に初出品・初入選した。

木彫の作品二点とテラコッタ一点を出した。木彫が主体でテラコッタは単なる試みだった。

搬入した時に会場で会員の先生が「可愛いですね」と声をかけてくれた、その小さな高さ三〇㎝のテラコッタ『ゆき』が入選となった。この時声をかけてくれた会員の先生のお顔を見忘れ、お会いしたいと思っていたが、入選を続けた十年の間お会い出来なかった。

テラコッタが入選したと木下先生に報告したら大変喜んでいただき「今後はテラコッタ作家として、木彫や絵画を止めにして、テラコッタ制作に邁進しなさい」とアドバイスを頂いた。私は「趣味でやっているので、従来通りに絵も木彫も続けたいと思います」応えた。

絵にも木彫にも良いところが有りテラコッタに限定したくはなかったので従来通り続けた。

彫刻の良し悪しについての評価基準が判らず他の人の作品の評価は出来なかったが、不思議なことに作風は私独特のものになって来た。

翌年二〇一二年の第七十六回は三歳の孫の膝から上のテラコッタ像・等身大『まい』を造り入選。

以後、続けて孫達の像を出品して合計連続十回入選した。

二〇一三年第七十七回は膝から上の二人の孫の像二体を川の流れのような木目の手作りの台に据え付け、川の流れに立つように見せた『双葉』で入選。家内の友人の師で会員の故加藤昭男先生が来られて、像を持ち上げて「軽いな」（表面のテラコッタが薄いの意味で、褒めている）と言っていただき、ご指導を頂いた。

テラコッタは材料の強度が低いので立像は作れないとして、膝から上にした。

私は二〇一四年第七十八回にはどうしても立たせたく、孫二人の等身大テラコッタ像を建築構造力学の応用で補強をして足先まで作り、自分で制作した白い台の上に立たせた『双葉Ⅱ』が入選。

二〇一六年第八十回は双子の女児と男児、合計三人の等身大立像を1枚の台に立たせて『A boy & Twin cousin』で入選。この作品は北郷教授に「丸山さん、上手くなりましたねぇ」と褒められたが、「台が悪い。昨年のように嵌めこめばよかった」と言われた。昨年と同様に作っていた場合の結果を知りたいと思った。この年は台が悪くて新作家賞の評価の対象から外された者がもう一人いたという。

二〇一八年第八十二回には真衣の立像を等身大立像『運動会（応援）』で入選。この回は作品の図録の写真を貰いに行ったら、所定のところになく、受賞者のところにあり、係の女性が「まだ見ていませんが、受賞おめでとうございます」と言われ、「いいえ、私は受賞していません」と言う一幕があった。受賞者候補に入っていたようだった。

二〇一九年第八十三回、等身大立像『ゆうと』で入選。すでに本人が一六〇㎝の背丈になり、台が三〇㎝の高さだったから、一九〇㎝の大作だった。

二〇二〇年はコロナのため休会。電子メール展覧会で『まい』の木彫で応募、入選する。

二〇二一年第八十四回、孫の等身大の一・二倍サイズ『まい』で応募。この回は作品が重いので専門業者に搬入・搬出を頼んだ。この回で連続十回入選となった。この新制作展が終了した翌月八十歳になった。

新制作展はモチーフを孫達のテラコッタ立像をテーマに取り組んで来たが孫の成長と自分の加齢で曲がり角に来ていた。

一度は新作家賞を受賞したいと思っていたが、二〇二二年一月に脊髄梗塞と言う病気に罹り重度身体障碍者となり出品が出来なくなった。

新制作展は会期に間に合わせるために、何度も徹夜したり、窯に入れる前の濡れた重い像を持ち上げたり、なかなかの重労働だったが、出来上がると清々しかった。

十回目、業者に委託した以外は車に作品を乗せて搬入していた。

搬入後の達成感も又気持ちの良いものだった。

9. ハマ展

横浜美術館に行くようになり、ハマ展の情報にも触れて、身近なものとなって来た。

何度か受賞して、二〇一二年『まい』をテラコッタで造り、膝上から下を木で作って立像として出品、横浜市議会議長賞を受賞、前年度も娘の首像をテラコッタで造り、同賞を受賞していたので会員になった。

ハマ展は横浜では古い公募展で、我々が大学生の頃、建築学科のクラスにも絵画で応募して入選した者が居た。

地域の文化活動の役に立ちたいと思い毎年出品していたが、病気のため二〇二三年退会した。

このハマ展を起点として新制作展の会員になった人も多数いる。

10. 二人展

玲子は中学生から絵画を描き、実家で油彩画を何枚か見たことが有った。

長じてグラフィックデザイナーになり、結婚して忙しい時はブランクもあったが、水彩画を続けていた。

私が定年になった頃以降は、リトグラフや版画などもやっていたので、二人で展覧会を開こうと横浜の関内駅前の「セルテ」という建物の中にある「ガレリア・セルテ」という画廊で二回「丸山一男・玲子二人展」を開催した。

・第一回「丸山一男・玲子二人展」二〇一二・四・一六（月）～四・二二（日）

私の七十歳を記念して、開催した。

この画廊は比較的広く区切って貸したり、グループ展などに貸していた。二人展をするには丁度良いかとお願いした。

初めての二人展と物珍しさもあり、私と玲子の友人・知人・他四百五十人に記帳していただき、盛況であった。

・第二回「丸山一男・玲子二人展」二〇一七・二・二〇（月）～二・二六（日）

前回から五年が経過して、七十五歳になって、二人の作品が溜まって来たことも有り、開催した。

来訪者は記帳三百二十一人でカウンターでは五百五十五人だった。

11. 海外旅行

結婚する前から玲子は将来旅行をしたいと言っていた。私は旅行など自分から出かけたことはなく、ピンと来なかったので曖昧な返事をしていた。

結婚して働き詰めで、旅行などは思いもしたことが無かった。

玲子は学校が専門外だったので二級建築士を取得してから一級建築士を取得した。

アルバイトで住宅リフォームの設計をして収入を貯めていて、定年後は旅行の費用に当てて旅行した。

私はあまり興味が無かったが、玲子の提案に反対せずについて行った。

海外旅行の始めは、関東菱興に出向してすぐの三菱重工の永年勤続功労旅行だった。

会社から旅費が出て、玲子の希望でイタリアに行った。

イタリアの文化に触れて記憶に残る旅行だった。

その後は関東菱興退職まで前述のように激務で旅行どころではなかった。

私の定年前に玲子は彼女の姉たちと時々海外旅行をしていた。

定年後の旅行は玲子の希望地へ行った。世界遺産を主体に行く先を選んでいた。

私は、荷物運びと片言の英語でのコミュニケーションを取る役目のようだった。

ところが、私は歴史を二十八歳ごろから中央公論社の『日本の歴史』（全二十六巻）と『世界の歴史』（全二十巻）を読み、その歴史の流れに虫眼鏡を掛けて見るように、興味深い歴史書を読んでいた。

中でも中国史、ローマ史、インカ帝国史などはのめり込むように読み、予習して行かなくとも旅先である程度玲子に説明できた。

私自身もいつの間にか海外旅行に興味を持ち、自分でも南アフリカやイギリス旅行を提案して行った。

気がついたらテレビで放送される世界遺産の殆どは、我々が行った先になっていた。

最近はテレビ放送を見ると、此処は「あーだった」、「こーだった」と過去に行った世界遺産を思い出している。

最初に行ったイタリアは全部で三回行き、ローマの文化を堪能した。

シルクロードは二〇〇〇年に行ったが、ウイグル族と漢人は融和しているようだった。案内のウイグル族の女性は持参した日本の新聞・雑誌を教材に勉強すると言っていた。この旅行では同世代の夫妻五組がよく一緒にテーブルを囲み、帰国しても「シルクロードの会」という名で毎年二回集まり楽しい時間を過ごしている。

二〇〇八年に再び自分たちでコースを企画して奥地のカシュガルのほうまで行った。この時の案内は漢人だった。

特に思い出多い旅行はアフリカ、メキシコ、イギリス、ニュージーランド、モロッコ、ネパール等である。

12. 国内旅行

国内旅行は外国に行けなくなってから行こうと、大きな旅行を残していたが、短期の国内旅行もしていた。スケッチ旅行や温泉、山など結構行っていた。

二〇〇四年八月富士登山をし、二〇〇六年八月には八ヶ岳・赤岳にも登った。

私が仏像を彫るので、奈良の仏像、京都の仏像、湖北地方の仏像を各年毎に数日ホテルに泊まって見て歩いたことも忘れられない体験だった。

京都と奈良は昔お隣に住まわれ親しくしていた梅田さんのご主人が京大の教授になり京都に住んでいるので、奥さんの車で案内してもらった。

13. 家族

妻は勤めている頃は二人で一緒に子育てして、定年退職後は共に山登りや旅行をして、私の趣味の美術をサポートしてくれた。

妻の水彩画・リトグラフ・版画と私の作品との二人展を前述のように二回開いたりした。

妻は私の発病後は看病をしながら、趣味の水彩画を続け、健康マージャンと称する麻雀で地域の仲間たちと交流している。

長男一平は建築材料学でコンクリートの研究をして名古屋大学の教授となり、クロスアポイントメントで名古屋大学と東京大学の教授であったが、本書執筆中に母校東京大学の教授、名古屋大学と東北大学の客員教授となっている。同窓の妻との間に高一の男子と中二の双子の女子がいる。仕事の研究と教育、夫妻での子育てと多忙である。

長女尚子は公立中学に進んだ後私立高校から実践女子大学を卒業して管理栄養士になり、大手電器会社の技術者と結婚。横浜の戸建の自宅に住み、勤めながら高三男子と中三女子の二人の子供を協力して夫妻で育てている。

次女史子は私立の中高一貫女子高を出て横浜市大を卒業しＯＬをしていたが、大学生時代から交流のある銀行員と結婚、東京に戸建の自宅を持ち、暫く子育てのため専業主婦をしていたが、就職氷河期の卒業者を対象とした東京都の職員募集に応募して東京都の職員として働きながら、高二女子、小六男子の二人の子供を夫妻で育てている。

我々夫婦には孫が七人おり、毎年大晦日には我々夫婦、子供三人のカップルと孫七人が集まり、総勢十五人でお年取をしている。

あとがき

自分史を書いてみて、いろいろなことが有り、長い年月で風化しているものが多く、読み返すと、人生を短時間に振り返ることが出来、頭の中が整理されたような気がした。

記憶の始まる頃から順次書いてきたが、子供の頃のこと、家族のこと、仕事のこと、子供の教育のこと、友人たちのこと、などなど沢山のカテゴリーを書いたが、仕事のことが最も多くなった。

それが私の人生だったのだろう。

建築技術者として過ごした時間が一番多いが、書いてみると建築の技術は、工事、設計、新規事業開発、プロジェクトの推進、マネージメント、と幅が広い。

営業を経験させてもらったことは、人生に幅を広げるという点で大きな意味があったと思っている。

趣味は五十九歳で絵画を始め六十代から絵画に彫刻と美術に嵌り七十代は美術に全力で取り組んだ。

自分史を本にする場合、公開しない私家本と公開して販売する本との二種類あることを知り、公開を選んだ。

公開する理由は私の生きて来た過去を家族だけではなく、同世代・若い世代・現在の若いお父さんお母さんなどに読んでもらいたいと思ったからだ。

もう一つの理由は漫然として書いている無意識の中に、後進の人達の目を対象としていた節もあった様な気がするからである。

内容は有りのままに書いたが、公開すると名前を出すか出さないかも一考を要することを鳥影社の北澤さんに教えてもらったので、参考にしようと立花隆著『自分史の書き方』を読んだが、結局は自分の考え方で書いた。

振り返ると小学校二年の冬に級友が自宅から持ち出した金を使った仲間に巻き込まれそうになり、真実に基づいて悔いなく生きようと決めて以来、常に「悔いのない人生を生きたい」と思って来た。悔いの残ることは有るが総じて、遣り甲斐のあるサラリーマン生活であり、良い人生だったと思う。

彫刻ではこの道に進んだら大家になっていたのではないかと言われることも有ったが、私としては建築技術者が最も自分に合った仕事だったと思う。

このような生涯を送れたのは、多くの人々のご支援を頂いたお陰であると感謝している。


二〇二二年一月三十日に突然の脊髄梗塞と言う病に襲われ、現在リハビリ中である。

リハビリの病院に入院中に書き始めた自分史を定年後まで書き終えたので終了する。

書き終わって文字数を数えたら約二十六万字あり、出版を知る人に話したら「五百ページを超える量であり、他人の人生を書いたそんなに厚い本を誰が読むか問題だ」というので、「確かに！」と思い半分に減らしたが、まだ厚く三百ページ近いので割愛部分に目をつむり出版することにした。

今後は本書の興味深い個所や割愛した興味深い事柄を、纏めて詳しく書いて短編集にしたいと思っている。

また、現在リハビリ中であるが、この体験を通して見えた世界を社会に紹介してみたいとも思っている。

〈著者紹介〉

丸山一男（まるやま かずお）

昭和16（1941）年、横浜市生まれ
昭和40（1965）年、横浜国立大学工学部建築学科卒業
同年、株式会社奥村組入社
昭和45（1970）年、三菱重工業株式会社入社
平成9（1997）年、関東菱重興産株式会社入社
平成14（2002）年、同社退社
以降、司法試験受験、建築学会･司法支援会議、
東京地方裁判所建築専門民事調停委員、
建築調査会社（株）アミック顧問、
絵画、木彫彫刻、テラコッタ彫刻（新制作展連続10回入選）等

昭和百年を目前に
—我が人生の記録

2024年10月29日初版第1刷発行
著　者　丸山一男
発行者　百瀬精一
発行所　鳥影社 (www.choeisha.com)
〒160-0023 東京都新宿区西新宿3-5-12トーカン新宿7F
電話 03-5948-6470, FAX 0120-586-771
〒392-0012 長野県諏訪市四賀229-1（本社・編集室）
電話 0266-53-2903, FAX 0266-58-6771
印刷・製本　モリモト印刷

ISBN978-4-86782-119-0 C0095